「偽りの神の子よ、その腹に仕込んだものをさらすがいい」

　唯一ジュリの術が効かないアーサーは、剣を両手に持ち、一気にジュリに駆け寄った。素早い動きでジュリの懐に飛び込んだアーサーは、剣を大きく横に振った。

SHY NOVELS

少年は神を裏切る

夜光花

イラスト 奈良千春

CONTENTS

少年は
神を
裏切る

1 神の子二人

Two God Children

アーサー・ペンドラゴンは乱暴な足どりで石造りの階段を上った。

先ほどまで自分が話していた相手のことを思い返し、胸が苦しくなって鎖帷子《くさりかたびら》の上から押さえる。人生で一番最悪の日を選ぶなら、まさしく今日だ。朝、目覚めた時は幸福な気持ちでいられたのに、ほんの数時間でアーサーの心は地を這っている。

（樹里《じゅり》……）

冷たく暗い地下牢《ちかろう》に捕らえられた樹里を見て、アーサーは怒りを感じた。同時に悲しみや裏切られた思い、樹里を信じたい気持ちがぐちゃぐちゃに混じり合った。

今——アーサーは混乱して、何を信じていいのか分からなくなっている。キャメロット王国の第一王子として生まれ、いくつもの闘いを制してきた男がこの様とは我ながら情けない。

狩猟祭に現れた一人の少年が、アーサーの世界をすべて壊してしまった。

自分こそ真の神の子だと名乗って。

「牢に行ったのですか」

頭上から声がして顔を上げると、魔術師マーリンが踊り場に佇《たたず》んでいた。怜悧《れいり》な顔つきに、長く茶色い髪を後ろに束ねている。マーリンはアーサーの良き友であり、信頼する臣下だ。魔術の腕は確かで、何度も窮地を救ってもらっている。

マーリンにはアーサーが地下牢に行ったことなどお見通しなのだろう。

「マーリン、一体どうなっているのだ。あの神の子は……」

アーサーは革靴を響かせて、苦しげな声で縋《すが》った。

この国には神の子と呼ばれる存在がいる。王の子と神の子が真の愛で結ばれた時、魔女モルガンによりキャメロット王国にもたらされた呪いを解く子どもが生まれると伝えられている。アーサーは樹里に会うまで、神の子に興味はなかった。神殿の奥深くで暮らしているのは知っていたが、会ったこともなかったし、色事に奔放なアーサーにとって気楽に抱ける男娼のほうがよほど身近な存在だったからだ。三百年もの間解けなかった呪いも、もはや呪いというより常態化して特に気にすることもなくなっていた。領地を増やしたいという野望はあるが、攻めてくる他国を退けるだけで手一杯で、何が何でも呪いを解くという気持ちはなかった。

けれど樹里に会い、強く惹《ひ》かれ、アーサーは呪いを解けるのではないかと考えるようになっていた。樹里は変わっていて、自分の周りにはこれまでいないタイプの人間だ。アーサーに対して臆するところもないし、ちっとも言うことを聞かないし、極めつけはこれほど自分が愛情を注いでいるのに、ぜんぜん応《こた》えてくれないことだ。樹里といると、自分が本当に王子なのか疑いたくなる。この国の民なら、アーサーが笑いかければころりと落ちるはずなのに。

いつの間にかアーサーは樹里を愛するようになっていた。それは満天の星の中から一番光り輝く星に手を伸ばすようなものだ。誰にも渡したくないし、樹里には自分だけを愛してほしいと願うようになった。

だが、狩猟祭に突然、樹里と同じ顔をした少年が現れたとき、その夢は悪夢となって消えた。

少年は自分こそ本物の神の子だと主張した。神獣は少年に従い、樹里を守っていた神官長のガルダも少年こそが神の子だと言った。樹里は偽りの神の子を名乗った罪で今や地下牢に囚われている。アーサーの父であるユーサー王はひどく怒り、狩猟祭は中止になった。何を言っても聞いてもらえなくて、最後には二日後に樹里を処刑すると言いだした。

「訳が分からない。樹里は神の子じゃなかったというのか。だが、あの不思議な力……、俺には信じられない」

アーサーは石壁にもたれ、呻《うめ》くように言った。

つい先ほどまで、アーサーは地下牢にいた。樹里に真実を話してほしくて会いに行ったのだ。神の子と謀《たばか》っていたのなら、その理由を知りたかった。

樹里は口は悪いが、まっすぐな心を持ち、民を騙《だま》すような性根の悪い人間には見えなかった。

樹里は、アーサーに今回のことを詰問されて、意味不明な言葉を口にした。

「樹里は……別の世界から来たと言っている……。嘘をつくにしても、もっともらしい理由を言ってくれればいいのに……!!」

アーサーが腹立ちまぎれに石壁を拳《こぶし》で叩くと、マーリンがかすかに眉根を寄せた。

「マーリン、お前はお披露目の儀式の時、樹里を偽物と断じた。お前の言うことが正しかったのか？　俺には分からない、自分こそ本物だと樹里は言ってくれると思っていたのに……。俺は騙されていたというのか？」

アーサーは髪を掻き乱し、事の真偽を確かめようとした。

「アーサー王子……、一つ助言してもよいでしょうか」

マーリンはアーサーの拳を手にとり、固く握られていた指を広げていった。石壁を思いきり殴ったせいで、アーサーの手には血が滲《にじ》んでいた。

「助言……？」

「さようです。どちらが本物の神の子かなどと考えるのはおやめなさいませ」

マーリンはアーサーの手の甲を軽く撫でて何か呟いた。傷口の血が止まり、痛みが引いていく。

聡明なマーリンの言うことだから、きっと深い理由がある。そう思ったものの、助言はアーサーをますます困惑させるだけだった。

「どういう意味だ？」

「言葉通り、それは無意味なことなのです。一つだけつけ加えさせていただけるなら、本物と主張する神の子ジュリ……大変危険な人物です。どうか、やすやすと心をお許しになりませぬよう」

マーリンはそう言うなり、まるで廊下の向こうから誰が来るかを知っているみたいに背を向けて足早に去っていった。

頼りになるはずのマーリンの助言はアーサーをさらなる混乱に陥《おとしい》れた。本物かどうかを論じるのは無意味なこと……ジュリは危険……。

その場に留まってマーリンの言葉を反芻《はんすう》していると、ふっと空気が変わった気がしてアーサーは顔を上げた。

足音も立てずに白い衣装を身にまとった少年が近づいてくる。整った顔立ちや桜色の唇、さらさらの髪は、樹里とそっくりだ。

「アーサー王子、このようなところで何を？　まさか罪人に情けをかけに行ったのですか」

ジュリは静かな佇まいでアーサーに話しかけてきた。アーサーが立っている場所から階段を下りれば、地下牢に続くと知ってのことだろう。

「それとも騙されていたことが腹立たしかったのでしょうか。そうでしたら私の責任でもあります。あのような偽物を野放しにしてしまったこと……私は神殿の奥深くに閉じ込められていたのですが、偽物を止められませんでした。その罪滅ぼしというわけではありませんが、私でよろしければいつでも王子のお役に立ちたいと存じます」

ジュリの手がすっとアーサーのたくましい腕に絡みついた。指先がまるで男娼のように艶《なまめ》かしく触れてくる。同じ顔、同じ声、同じ姿なのに、どういうわけかジュリに触れられて怖気《おぞけ》のようなものが走った。上手く言えないのだが、近づいてはならない気がした。危険な人物というマーリンの言葉を鵜呑《うの》みにしたわけではないが、確かにこのジュリという少年、何かある。

「お心遣い、けっこう」

アーサーはそっけなくジュリの手を除《よ》けた。空気がぴりっとして、ジュリが苛立ちを感じたのが伝わってきた。

「それより何故、王宮に？」

アーサーが鋭い目を向けると、ジュリは邪気のない微笑みを浮かべた。

「ユーサー王をお慰めしていたのです。ユーサー王はあの偽物に騙されていたと知り、たいそうご立腹ですから」

ジュリは何でもないことのように言う。会ったばかりの少年にユーサー王が慰められるとは引っかかる。本物の神の子だとしても、怒り狂っている時のユーサー王は王妃ですら寄せつけないのに。

「そうですか、失礼、父王から呼ばれているので」

アーサーは低い声で呟き、ジュリの前から立ち去った。

何かが起きているのは分かる。ジュリが現れてからすべてが一変してしまった。あれほど樹里を慕っていた神獣が手負いの獣のように狂暴になり、樹里を助けていたはずのガルダが手のひらを返したように冷淡な態度になった。嵐が訪れる前触れのように心がざわめく。

アーサーはジュリが触れた腕を擦った。樹里に触れられたなら嬉しくて天にも昇る心地だっただろう。もっとも樹里はあんなふうに男を誘ったりはしないが。何度もしている口づけだって、するたびに戸惑ったような恥ずかしそうな顔になるのだ。

（俺は、どうすべきなのだろう）

こうしている今も樹里のことで頭がいっぱいになっている。たとえ罪人だとしても、自分は彼を愛してしまった。あの暗く不衛生な地下牢に樹里を閉じ込めていなければならないのが、たまらなくつらい。

渦巻く混乱の中、アーサーは足を速めてその場を離れた。


ユーサー王に呼び出されて会議の間に行くと、宰相《さいしょう》のダン・シルバーと書記長のジョーダンが待っていた。会議の間には円卓が置かれている。特別に造らせた大きな円卓には、ダンとジョーダンがユーサー王と距離を置いて座っている。二人とも張り詰めた様子だ。ユーサー王はアーサーが席につくと同時に、ジョーダンに向かって口を開いた。

「首切り役人は、アトムスにするがよい。奴の力なら、一振りで終わらせられるだろう。処刑台は広場に設置させよ。民にも見せるのだ」

ユーサー王はにべもなく言った。ジョーダンは強張った顔つきでアトムスの名前のつづりを確認する。アトムスは数人いる処刑人の一人で、馬鹿力の持ち主だ。

「王よ、民は混乱しております。今すぐあの少年を殺す必要はないのでは……」

ダンが柔らかな口調で進言した。ダンは先王の代から宰相を務めている老練で、白く長い髭《ひげ》を生やした学者のような出で立ちの男だ。思慮深く、博識で、多くの人が彼を尊敬している。

「そうです。まだ本物か偽物かの判定ができておりません。処刑するのは早すぎると私も思います」

アーサーもダンに続いて意見を述べた。

「判定など必要ない。大神官も神官長もやつが偽物だと認めたのだ。これ以上どうやって判断すると言うのだ？　処刑は予定通り広場で行う。正午きっかりだ」

ユーサー王は反論を許さない口調で言った。

「しかし……」

なおもダンが続けようとすると、激昂《げっこう》したユーサー王がテーブルに拳を叩きつけた。

「うるさい！　余の決定に不満があるのか！」

ユーサー王が怒鳴りつけた時、会議の間の扉が開かれた。侍女がお茶を運んできたのだが、ちょうどユーサー王の怒声とぶつかってしまい、可哀想なほど真っ青になって震えている。

「そこに置いていってくれ」

トレイに載った茶器を揺らすほど怯《おび》えている侍女にお茶を配らせるのは憐《あわ》れで、アーサーは扉近くの小テーブルを指差した。侍女は安堵したようにそこにトレイを置き、そそくさと部屋を出ていった。

「分かりました。王がお望みなら、広場に処刑台を運びましょう。民にもそのように触れを出します」

ユーサー王の気が変わらないのを見てとり、ダンが淡々と答えた。

「何故、広場で？　いつもなら王宮の中庭ですることです」

アーサーは疑問を抱いてユーサー王に問うた。広場で処刑をすることもないわけではないが、

よほどの悪人の場合だけだ。何故民に樹里の処刑を見せるのか分からなかった。

「何故……？」

ふいにユーサー王の顔がぼんやりとしたものになった。アーサーはいぶかしみ、ユーサー王の焦点の合わない両目を覗き込もうとした。

「何故でもいい、そうすると決めたのだ！」

ユーサー王が我に返ったように眉根を寄せ、怒鳴りつけた。

ダンがちらりと何か言いたげな目つきでアーサーを見る。ダンも気づいている。ユーサー王の様子がおかしいことに。

ユーサー王との話し合いは話し合いの体《てい》を成さなかった。

ユーサー王は樹里の処刑を実行するつもりだった。もともとユーサー王は頑固なところがあって、一度怒ると怒らせた相手を処罰するまでその怒りを和らげることはできない。だがそれにしても、異様なまでの変貌ぶりだった。ユーサー王はこれまで樹里を温かく見守っていて、自分の代の神の子とは大違いだ、息子と替わりたいと酒の席でよく話すほどだったのだ。

目をかけていただけに騙されていたという憎しみが増したのかもしれない。

「アーサー王子。少しよろしいですかな」

会議の間から出ると、ダンに廊下で呼び止められた。アーサーはダンと一緒に階段を下りて庭に出た。会議の間では重苦しい空気が流れていたが、外に出ると爽やかな風が感じられた。色とりどりの花が風に揺れていて、現実の苦しみを一時忘れさせてくれる。短かった夏が終わり、季節は秋に移っている。今日は日差しが強くて暖かいが、すぐに寒い冬がやってくるだろう。

「王子、ユーサー王はどうなさったのでしょう。狩猟祭から怒りを昇華できずにいるようです。ユーサー王らしくもない。もしやユーサー王は今牢にいる樹里と深い関係でもおありでしたか……？」

ダンは薔薇園《ばらえん》の中ほどで声を潜めてアーサーに尋ねた。ダンはユーサー王の変貌ぶりは、樹里に騙されていた傷が深いせいだと思っているようだ。

「樹里と父王が？」

アーサーはその可能性を微塵《みじん》も考えていなかったので、面食らった。だが、思い返してみてもそのような様子はなかった。アーサーに隠れて逢瀬をしていた可能性も考えてみたが、やはりありえない。

「それはない。樹里はそのような器用な者ではないから……」

アーサーは否定しながらも、処刑のことを思い出して憂鬱《ゆううつ》になった。何とかして樹里を助けなければならないのに、ユーサー王はよりによって広場で処刑を行うという。広場で行うとなれば民が大勢押し寄せて何が起こるか分からない。助けるなら、処刑場に連れていかれる前でなければならない。

「さようですか……。だとすれば、ユーサー王はどうなさったのでしょう。……現在、星回りが非常によろしくないのです。天文学者の報告によれば、処刑の日は特に凶兆が現れております。処刑日をずらしたほうがよいと進言したのですが、ユーサー王はお聞き入れにならず……」

ダンは渋い表情で言った。キャメロット王国には古い時代から天文学者が大勢いて、星の動きが重視され、それによって物事を決めている。ユーサー王がそれを無視するとは珍しい。

「マーリン殿はどう申しておられますか？　彼の意見は拝聴に値するので意見を伺おうと思ったのですが、姿が見当たりません」

ダンは探るような目つきでアーサーに囁《ささや》いた。

「少し具合が悪いようで、部屋にこもっております。マーリンは処刑に反対です」

アーサーは肩をすくめて答えた。ダンは何か言いたげだったが、ユーサー王に命じられた仕事があるので、と去っていった。

アーサーが一人きりになると、それを見計らったようにマーリンが姿を現す。

「マーリン、お前の姿が見えないとダンが探していたぞ」

薔薇園の前のベンチにアーサーが腰を下ろすと、マーリンは薄く微笑んだだけだった。魔術師マーリンは神出鬼没だ。ついでに言うと、マーリンが現れると、結界でも張られたみたいに人が寄りつかなくなる。

「ユーサー王は広場での処刑をお望みだ。マーリン、樹里を救うためにはどうすればいい？」

アーサーは鋭い目つきで、横に立つマーリンに聞いた。

「広場での処刑は神の子ジュリが望んだことでしょう」

マーリンは何もかもを見通すような瞳で答えた。

「どういうことだ？」

困惑してアーサーが聞き返すと、マーリンは顔を歪めて笑った。

「私は樹里の味方ではありませんが、広場での処刑は絶対に阻止なさるほうがよいと進言させていただきます。もし広場での処刑が実行されたら……間違いなくこの国は滅びの一途を辿る」

マーリンの言葉にアーサーは背筋がぞくりとして、思わず立ち上がった。マーリンはもともと思わせぶりな言葉を使う男ではあったが、ここ数日それがより顕著になっている。はっきりしたことは言わないくせに、人を煽《あお》る言葉を使われては苛立ちを誘う。

「マーリン、樹里を牢から救い出したい」

アーサーは強い決意を持って告げた。

「それをするのは、あなたであってはいけません。あなた自らが動いたら、ユーサー王との対立を生むでしょう。あなたはいずれ王となる身、王座を血で汚してはなりません」

マーリンはなだめるようにアーサーの肩に軽く触れた。たいした力は入っていなかったのに、自然とベンチに座ってしまう。

「じゃあ、どうすれば」

「適任者がおります。樹里を欲しているあの男なら、あなたが一言声をかければ動くでしょう」

アーサーの疑問にマーリンが即座に答えた。アーサーにはそれが誰だか分かっていた。マーリンに言われるまでもなく、ランスロットのことは頭にあった。

「だが……、そんなことをしては……」

ランスロットはラフラン湖一帯の土地を治める有力者だ。多くの民を背負った男に国を裏切れと言うのは酷だ。

「あなたが王になった時に恩赦すればよいだけのこと。アーサー王子、他に適任者はおりません。樹里を救い出し、安全な地に逃げ込める者は」

マーリンは言葉巧みにアーサーを誘導した。アーサーにもそれ以外手がないのは分かっていた。王国一の騎士の誉れ高いランスロットを反逆者にする。自分は極悪人だと罪悪感に押し潰されそうになった。それでも樹里を救うには、そうするしかない。

「分かった、ランスロットには俺から話す」

アーサーは顔を強張らせ、唇を噛みしめた。

「明日の夜、ランスロット卿に牢に忍び込むようおっしゃって下さい。日をまたぐ前後二時間、牢番の動きを鈍くするよう、私が魔術を施しましょう」

マーリンが屈《かが》み込《こ》んでアーサーの耳元で指示した。マーリンの魔術があれば、地下牢に忍び込むのは容易《たやす》いだろう。明日の夜——明後日になれば、処刑が実行されてしまうから、確実に遂行しなければ。

「頼んだぞ」

アーサーは低い声で呟いた。顔を上げるとすでにマーリンの姿は見えなくなっていた。時々あの男には実体がないのではないかと思ってしまう。アーサーはランスロットを探すためにベンチから離れた。一歩歩くごとに、重苦しい空気を身にまとうようだった。

神殿に向かうと、ランスロットとはすぐに会うことができた。神兵と何か言い争いをしているようだった。神殿の入り口、大きな柱の前で剣呑な雰囲気を醸し出している。

「アーサー王子」

ランスロットはアーサーに気づくと、足早に寄ってきた。流れるような黒髪に端整な顔立ちのランスロットは、珍しく余裕のない様子だった。狩猟祭の後、ランスロットは何度もユーサー王に謁見を申し出、ユーサー王はそれをことごとく拒否しているせいだろう。

「ランスロット、よく聞け」

アーサーは神兵から離れ、神殿の庭にランスロットを連れ出した。何か言いたげなランスロットを制し、肩に腕を回す。

「明日の夜の日をまたぐ前後二時間、牢に出入りしやすいようにする。——言っている意味が分かるな？」

アーサーは低い声で囁いた。ランスロットの顔がサッと強張り、アーサーを鋭く見つめ返す。

「これは命令じゃない」

アーサーはランスロットの肩から腕を離し、ぼそりと呟いた。賢いランスロットにはそれだけで十分だった。ランスロットの目が光を宿し、胸に手を当てて頷く。

「心得ております」

ランスロットの腹は決まっていた。アーサーが示したのは反逆者への道なのに、ランスロットはわずかな時間も悩まなかった。その潔さと自由な立場に羨望《せんぼう》の思いを抱いた。騎士は弱きを守る者。ランスロットはそれを忠実に実行している。これ以上頼もしい臣下はそういない。

アーサーはランスロットに背中を向けた。明日の夜の成功に思いを馳せて。

ランスロットは指示した時間にぴったり現れた。黒装束で身を隠し、闇に紛れて地下牢に下りてきた。

アーサーは返り血を浴びた姿で振り返った。

目が合った瞬間、ランスロットが息を呑んだのが分かった。アーサーは口の前に人差し指を立てて、音を立てずに牢から出ていった。

ランスロットにすべて任せるつもりだった。

けれどいてもたってもいられなくなり、アーサーは指定された時間の少し前に地下牢に下り立った。門番や牢兵はすべて床に倒れていた。おそらくマーリンが術を施したためだろう。念のため生きているか確かめたが、鼓動を感じたので寝ているだけだと分かった。

しばらく会えなくなるから、せめて顔だけでも見ておきたかった。アーサーは足音を忍ばせて樹里が捕らえられている牢に足を踏み入れた。樹里の悲鳴と男の下卑た声が聞こえてきたのは最後の段から足を離した時だ。切羽詰まった声と複数の男の声。胸騒ぎがして近づくと、樹里を押さえつけていた男たちが見えた。汚い男たちの手が樹里の衣服をはぎ取り、淫らな真似をしようとしていた。

　その瞬間頭に血が上り、気づいたら斬り殺していた。男たちは三人ほどいて、反撃する間も与えずに息の根を止めた。樹里は目隠しをされていて、何が起きたか分かっていない様子だ。アーサーは理性を失った自分を恥じ、牢から飛び出した。入れ替わるようにランスロットが到着した。アーサーは地下牢から出ると、足早に中庭に向かった。返り血を何とかしないといけないと思ったのだ。アーサーの着ていた衣服はべったりと血に濡れ、誰かに見られたら言い訳できない。

　中庭の薔薇園の奥には井戸がある。誰もいないのを確認して、上半身裸になった。井戸から水を汲み、頭から被る。血で汚れた衣服は水に浸した。

(何者だったのか……騎士ではないはず。神兵だったらまずいな)

　アーサーは地下牢で殺した三人の男について頭を悩ませた。殺人者の汚名までランスロットに着せるつもりはなかったのだが……。樹里の乱れた姿を見て、怒りを抑えきれなかった。

「アーサー王子」

　暗闇から名前を呼ばれ、アーサーは背中に寒気を感じて振り向いた。いつの間にかマーリンが背後に立っていた。その顔はアーサーのしたことを咎《とが》めていた。マーリンに隠し事はできない。隠したくてもどこからかすべて見通しているのだ。

「あなたは行ってはならないと申したはずですが？」

　案の定、マーリンはアーサーが地下牢に行ったことを知っていた。

「悪かった。三人殺してしまった、何とかしてくれ」

　アーサーは悪びれずにマーリンに助けを求めた。マーリンはため息をこぼし、何か呪文を呟いた。歌うように言葉を紡《つむ》ぎ、長い手を王宮に向けて伸ばす。すると暗闇の中から黒い煙のようなものが出てきた。

「わ……っ」

アーサーは思わず声を上げた。煙と思ったのは黒い虫の大群だった。小さな虫の塊《かたまり》がいっせいに王宮に移動する。

「死虫です。地下牢の死体を食い尽くすでしょう」

マーリンは何でもないことのように言う。これまでもマーリンはたびたびアーサーの不始末を闇に葬ってきた。マーリンはアーサーに恩義を感じていて、アーサーを王にするためなら何でもすると言っている。マーリンほど使える男をアーサーは知らない。この便利さに溺れないようにしなければとアーサーは常に思っている。

「ランスロット卿は無事に逃げ延びたようです」

暗闇に目を凝《こ》らし、マーリンは小声で言った。アーサーは安堵し、濡れた衣服を絞った。血で汚れた水を地面に流し、ランスロットと樹里が逃げた方角に目を向けた。

「マーリン、お前には今後どうなるのか見えるのか？　明日の朝には父王の耳に樹里の逃亡が入るだろう。処刑は阻止したが、逃亡されたと知った父王がどれほど怒り狂うか想像したくないな」

アーサーは濡れた衣服を肩に引っかけ、新しく汲んだ水でもう一度顔を洗った。水の冷たさにぶるりと震える。

「私がすべて分かっていると思うのは間違いです。とりあえず軽率な真似はお控え下さい。私の力にも限界はあるのです」

マーリンは珍しく気弱な発言をする。アーサーはマーリンの前に立ち、両手を広げてみせた。マーリンは丹念にアーサーの身体を検分した。マーリンが短い歌を歌うと、濡れていたアーサーの身体から水滴が蒸発した。

「ブーツに血がついております。それ以外は大丈夫でしょう」

マーリンに指摘され、アーサーはブーツの先についた血を拭《ふ》き取《と》った。

「夜更かしさせて悪かったな。俺は部屋に戻る。明日は王からの呼び出しがあるだろうから」

アーサーはマーリンの肩を軽く叩いた。

マーリンと別れ、アーサーは王宮の南の塔にある自室に戻ると、衣服を着替え、ベッドに倒れ込んだ。アーサーの寝所はベッドにクローゼット、小さなテーブルと必要最低限の物以外置いていない。窓から月の明かりが射し込んで、薄暗い部屋を映し出していた。

今夜はいろいろあったので頭が冴えて眠れそうにない。樹里は今頃どの辺りだろうか？ ランスロットがいれば、たとえ追手が来ようと退けてくれるだろう。本当ならこの手で樹里を逃がしたかった。王子という身分が今はもどかしい。

（だが、目の前で樹里が殺されるのは阻止できた。今は、そのことを女神に感謝しよう）

アーサーは枕に顔を押しつけ、安堵の息を漏らした。

明日からユーサー王とのひそかな戦いが始まる。樹里の処刑を解くために、あらゆる手を使わねばならない。神の子を騙《かた》ったことは重罪だが、共謀した大神官や神官長にも罪はある。何とかして彼らを味方につけ、ユーサー王の考えを変えさせなければならない。

（思えば樹里には不審な点が多かった。地下通路でもこの国の文字が読めなかったし、竜に連れ去られて山を越えたようにも見えた。それにあのナカジマという男と言葉が通じていたような……）

改めて樹里のことを考えてみたが、思考は上手く回らなかった。何故樹里は自分を騙していたのだろう。どんな理由があれば神の子を騙る？　大体樹里とジュリは似すぎている。他人の空似であれほど似るものだろうか？

（そもそも樹里には神の子を騙る動機などないではないか。神の子を騙って何か策略でも巡らせていたというなら分かるが……樹里からはそのような打算は見えなかった。むしろ打算があったなら、もっと積極的に俺に近づいたのではないだろうか。それに……樹里が嘘をついていたとしても、神官長のガルダや従者のサンが気づかないことがあるだろうか？）

アーサーはごろりと寝返りを打ち、険しい表情で天井を見上げた。

（俺の目から見て、樹里とガルダ、サンは親しげだった。あれほど打ち解け合っているのに、樹里一人が周囲を騙していたというのはどう考えてもおかしい。特にガルダは問《と》い質《ただ》す必要がある）

あの時のガルダは終始青ざめて困惑していた。大神官がひそかに武器を輸入しているという情報を得た際、ガルダも加担しているのではないかとダンと話したことがある。結局情報が洩れているのに気づき、大神官は武器を売りとばして身の潔白を証明してみせたが。

（それに……別の世界の人間とは、どういう意味なのだろう）

樹里の放った言葉で、意味不明なものがあったのを思い出し、アーサーはがりがりと頭を掻いた。

あれだけは意味が分からない。樹里はしきりにこの世界の人間ではないと繰り返していたが……他国の者だという意味だろうか？

考えても分からないことだらけで頭が痛くなってきた。アーサーは明日からの日々を乗り切るために今は眠ろうと目を閉じた。


次の日にはランスロットが樹里を牢から連れ出し、逃亡しているという話が瞬《また》く間《ま》に広まった。王宮だけでなく、王都も噂で持ちきりだ。馬上槍大会《ばじょうやりたいかい》で、ランスロットが樹里に求愛したのもあって、民の間ではすっかり二人の恋物語が出来上がっているようだ。

ユーサー王はランスロットが裏切ったと怒り心頭だった。翌日、アーサーにランスロットと樹里の討伐を命じたほどだ。マーリンの放った死虫は一晩で死体を骨に変えた。地下牢には謎の骨と血の痕が残され、牢番を不気味がらせている。牢番たちは意識を失っていて、何一つ覚えていなかった。

「アーサー、どういうことなのです⁉」

ユーサー王から反逆者ランスロットの討伐を命じられた日、アーサーの従妹《いとこ》であるグィネヴィアが目を吊り上げて部屋に乗り込んできた。

「グィネヴィアか……」

アーサーは従者に武具をつけさせていて、部屋の真ん中に棒立ちになっていた。にきび顔の従者のルーカンは手先が不器用で、武具装着に時間がかかる。今も必死で床に這いつくばり、アーサーのブーツの紐《ひも》を結んでいる。

「ランスロットが反逆者というのはどういうことです！　あ、あのランスロットが……っ、ありえない、ありえないでしょう⁉」

グィネヴィアは胸元の大きく開いたドレスを着て、乱れた髪でアーサーに迫った。どうやら髪を結っている途中で駆けつけたらしい。幼い頃から知っているが、グィネヴィアは自分と似ているところがあって、カッとなると一つのことしか頭になくなるのだ。

グィネヴィアとランスロットは父親同士の仲が良く、十年来の知り合いだ。物静かで女性に礼儀正しいランスロットは、グィネヴィアのわがままをいつもやんわりと受け止めた。傍目には女王と家来といったふうだったが、存外グィネヴィアはランスロットを好いていたのだと分かった。

グィネヴィアの顔は真っ青で、握った拳もわなわなと震えている。

「ランスロットは樹里を連れて領地に逃げ込んだ。今日中に騎士団を引き連れて討伐に向かえとの王の命令だ」

アーサーは無表情に呟いた。グィネヴィアはこの世の終わりといった顔でアーサーを凝視する。遅れてグィネヴィアの侍女が慌ただしく駆けつけた。

「あ、あなたはランスロットを討つというの……⁉　これは何かの間違い、ランスロットから事情を聞くべきです。ランスロットの忠義心はあなただってご存じでしょう⁉」

グィネヴィアは可哀想なほど動揺していた。グィネヴィアと同じように、民の中にも信じられないという者が多いようだ。ランスロットは王家に忠誠を誓った身――その彼が裏切るなど、天変地異が起きてもありえないと言われていたのだ。

アーサーは人知れずため息をこぼした。ランスロットの背中を押したのは自分だ。ランスロットが責められるたびに、アーサーの胸もえぐられる。ランスロットはすべて承知したうえで樹里を助けてくれた。

「分かっている、どうにか上手く折り合いをつけられるようにするつもりだ」

アーサーは感情を押し殺した声で呟いた。苛立ちが滲《にじ》み出《で》てしまったのか、グィネヴィアが怯えたように身を引いた。

ユーサー王はよほどのことがない限り、一度言ったことを翻《ひるがえ》したりしない。樹里の処刑を撤回させてランスロットの反逆者の汚名を撤回するには、何か大きな理由が必要だろう。

アーサーは武具を身にまとうと、従者と共に王の待つ広間に向かった。

広間には王座にユーサー王が座り、その周りにイグレーヌ王妃や弟のモルドレッド、宰相、大神官、貴族の面々が並んでいた。アーサーと共にランスロットの討伐に向かう騎士たちは、広場で隊を組んで待っている。アーサーはユーサー王の前に跪《ひざまず》こうとして、大神官の隣にジュリが立っているのに気づいて眉根を寄せた。ジュリは赤いマントを羽織り、旅支度をしている。ジュリの横には神官長のガルダがうつむき加減で立っていた。

「父上、今からラフランの地へ参ります」

出立前にユーサー王に挨拶を交わすと、いつものように母のイグレーヌが「怪我《けが》のないよう、祈っております」とアーサーに優しく微笑んだ。

「うむ、反逆者ランスロットと余を謀《たばか》った樹里を必ず捕らえて連れてくるように。それから、アーサー。今回、ジュリも同行してお前を助けると申しておる」

ユーサー王は王座からアーサーに語りかけた。アーサーは顔を上げ、大神官を見やった。

「神兵も連れていくのですか？」

今回討伐隊に指名されたのは、第二部隊、第三部隊、第四部隊だ。ランスロットが隊長を務める精鋭ぞろいの第一部隊は待機となった。アーサーは本気でランスロットと闘う気はない。神兵が増えてランスロットを窮地に追いやるような真似は避けたかった。

「いいえ、騎士団三個部隊もいれば十分でしょう。彼は……あなたをお助けしたいと申しております。守り神としてお傍に置いて下さい」

大神官は張りついたような笑みを浮かべて言った。大神官は物をつめ込みすぎた袋みたいにでっぷりと肥えている。かつて神の子だった時代にさんざんユーサー王から痛めつけられ、今でも憎んでいるのは周知の事実だ。本人は隠しているつもりらしいが、時々ユーサー王に憎悪の視線を向けている。

「守り神が必要とは思えませんが……」

アーサーはジュリを疎《うと》んじてそっけない声を出した。何故ジュリがついてくるのか意味が分からなかったのだ。

「アーサー王子、どうか私もお連れ下さい。今回のこと、私にも責任があります。ご迷惑をおかけしないように後ろに控えておりますから」

ジュリがすっと前に出て、鈴を転がしたような美しい声で言った。不思議なことにジュリが口を開くと、ユーサー王とモルドレッドの目がぼんやりとする。何か妖《あや》しい術でも使っているのではないだろうか。

「兄上、ジュリは責任を感じているのです。少しでも助けになろうとしているなんて、美しい心がけだと思いませんか？　むろんジュリに闘いの火の粉が及ばないようにしてもらわねば困りますが」

モルドレッドが芝居がかった口調で言って、ジュリの肩に触れる。

（ジュリ、ね……）

アーサーは皮肉げに唇の端を吊り上げた。モルドレッドはいつの間にかジュリを呼び捨てにしている。ジュリへの艶かしい視線といい、どうやらアーサーに拒絶されたジュリはモルドレッドと深い仲になったようだ。

「アーサー。これは命令である。ジュリを連れていくがよい。くれぐれも早めに終息させよ。内紛が他国に知られる前に」

ユーサー王が厳しい顔つきで告げた。アーサーはこれ以上逆らうことはできず、頭を下げて命令を聞くしかなかった。実際、ユーサー王の言う通り、今回のことは早く収めなければならない。王国一の騎士が王を裏切ったと知られれば、他国だけでなく、国内の不穏分子も勢いづく。キャメロット王国にはいくつか制圧しきれていない民族がいるのだ。

ランスロットは人望が厚く、騎士団の中にも彼を慕っている者が多い。闘いが長丁場になり、ランスロットを助ける者が増えたら、国を揺るがす事態となりかねない。

「御意」

アーサーは表情を押し殺して広間を出た。

腰に下げた剣に触れ、どうやって樹里とランスロットを助ければいいのか思考を巡らせた。とても困難だ。今や樹里もランスロットも反逆者となってしまった。

「ガルダも同行するのか?」

王宮を出たアーサーは、従者のルーカンに小声で尋ねた。ルーカンは急いで確認に走る。ややあって戻ってきたルーカンは息を切らせながら「神官長は神殿に残るそうです」と報告した。

騎士団とジュリが広場で待機しているのは知っていたが、アーサーは迷わず神殿に足を向けた。ルーカンは出発が遅れるのではないかと後ろでやきもきしている。

「どちらへ行かれるのですか? 神殿に何の用が?」

ルーカンは背後で困惑した声を出す。王宮と隣り合わせにある神殿には、神兵や衛兵が立っていた。アーサーの姿を見て、何事かと身構える。

「ガルダに会う」

アーサーはそう言うなり、許可を待たず勝手に踏み込んだ。本来なら神殿は王族であっても自由に出入りできない場所だ。アーサーの強引なやり方に神兵たちが慌てて止めに入った。

「お待ち下さい、アーサー王子！」

「今、神官長に取り次ぎますので！」

数人の神兵がアーサーを押し留めようとしたが、構わず女神像の見守る広間を抜け、奥にある階段を上がっていった。止めようとする神兵と小競り合いになっていると、樹里の従者だったサンが廊下に飛び出してきた。

「何事ですか？　アーサー王子！」

サンはアーサーの顔を見るなり、飛び上がって叫んだ。アーサーはサンの瞳を覗き込んだ。サンの瞳は怯えと不安がないまぜになっていた。けれどアーサーと目が合ったとたん、わずかに安堵の光を見せた。その表情一つで、サンが現状に納得していないのが分かった。

「サン、ガルダに会いたい」

神兵を押しのけてアーサーが言うと、サンはぶるぶるしながらこくりと頷いた。

「どうぞ、こちらです」

サンの言葉で神兵たちが戸惑った様子で道を開ける。アーサーは具足を鳴らして進んだ。サンは三階の奥にある部屋にアーサーを誘《いざな》った。

「ガルダ様、サンです。アーサー王子が……」

サンは扉をノックして中に声をかける。アーサーはそれを遮るように返事を待たずに扉を押し開けた。

「アーサー王子……っ⁉」

突然乱入したアーサーにガルダは声をひっくり返した。アーサーはずかずかと部屋に踏み入り、ガルダの前に立つ。ガルダの部屋は殺風景で、書棚と机、ベッドくらいしかない。ガルダは書き物をしていたようだ。アーサーを見るなり、ペンを置いて立ち上がろうとした。

有無を言わせず、アーサーはガルダの首を掴み、床に引き倒した。派手な音がして、サンが「ガルダ様！」と悲鳴を上げる。ガルダの首は細く、たいした抵抗もなかった。アーサーは床にガルダを押し倒すと、馬乗りになって剣を引き抜いた。

「サン、扉を閉めろ」

アーサーはガルダを睨《にら》みつけ、低い声で命じた。サンはおろおろしながら、アーサーの命令を実行した。アーサーの身体から激しい怒りの感情を見てとったのだろう。扉を閉めたサンは、アーサーとガルダの横に駆け寄り、小さな手でこの場を収めようとする。

「アーサー王子、どうかご無体な真似は……」

サンは泣きそうな顔で剣の切っ先をガルダに向けるアーサーを見上げている。アーサーはガルダの首を絞めたまま、冷酷な顔で見下ろした。ガルダは怯えた目つきをしているが、どこか覚悟しているようにも見受けられた。アーサーの力が強いのか、苦しげに呻《うめ》き声《ごえ》を上げる。

「ガルダ、俺はお前を殺すことを何とも思わない」

アーサーは感情のない声でガルダに言った。ガルダは血の気の引いた顔でアーサーを見返す。

「正直に答えろ。何故、樹里を見捨てた？」

アーサーの問いにガルダは目を見開き、わなわなと震えた。アーサーはガルダの首から手を放し、大きな手でガルダの鎖骨を押さえつけた。

「く……、は……ぁ、はぁ……」

ガルダは死の危険を感じたのか、憐れなほど息を切らせ、真っ青になった。アーサーは剣の切っ先を首筋に当て、ガルダの答えを待った。

「ガルダ様……っ」

サンは緊迫した空気に耐えきれず、泣きだしている。ガルダは目を泳がせ、恐怖心からか口を開いた。

「わ、私は、何も分かっていなかった……。私は単なる持ち駒……、こんなことになるなんて知らなかったのです」

ガルダは引《ひ》き攣《つ》った声で訴えた。

「どういう意味だ？」

アーサーは目を細め、ガルダの真意を推し量ろうとした。ガルダはぎこちない動きでアーサーに視線を戻した。

「あなたは滅ぶのです。アーサー王子……」

ガルダの目が一瞬昏《くら》い光を宿し、下卑た笑いを浮かべた。アーサーはカッとして、剣を逆手に持ち、一気に突き刺した。ガルダが反射的に目を閉じ、息を呑む。刃はガルダの首をかすかにかすめた。ガルダの首から一筋の血が流れる。

アーサーの剣は床に突き刺さっている。わずか爪の先ほどの距離で、ガルダを殺すのを堪《こら》えることができた。

「う……」

ガルダはがくりと力を抜き、失神してしまった。アーサーはガルダの上から退くと、床の剣を抜き取って鞘《さや》に収めた。

「ガルダ様！」

サンが目に涙をいっぱい溜めてガルダにしがみつく。アーサーは無言でガルダの部屋を出ていった。

単なる神の子の入れ替わりだけではない、もっと複雑で深い闇があるのにアーサーは気づいた。

「アーサー王子……っ」

ルーカンが廊下で途方に暮れた顔で待っていた。騎士団を待たせていることに心を痛めているのだろう。だが、ジュリのいない場所でガルダと話すにはこのタイミングしかなかった。

「分かっている、急ぐ。俺の馬を用意しているな？」

アーサーは兜《かぶと》を被り、短く言い放った。ルーカンは慌てたように走りだした。この様子ではアーサーの馬を王宮に置いてきたままに違いない。

あなたは滅ぶのです……。

ガルダの言葉が耳にこびりついている。ガルダは何を知っているのだろう。

時間があれば尋問でもしたいところだが、今はユーサー王の命令がある。やるせない苛立ちを抱え、アーサーは神殿を後にした。

2　王都の動き

Movement of the Imperial City

ラフラン領での闘いは、妖精王の仲裁によって幕が引かれた。もともとアーサーは本気でランスロットと闘う気はなかったのだが、途中から割り込んできたジュリによって、状況は一変した。ジュリの持つ禍々《まがまが》しい力にアーサーだけでなく、騎士たちも怯《おび》えている。

闘いは中断され、騎士団は王都に戻った。怪我人《けがにん》も多かったので、帰路を急ぐわけにはいかず、戻るまでに通常の倍かかった。

怪我人を王宮に運び込み、兵に休養をとらせると、アーサーは武具をまとったままユーサー王のもとへ向かった。広間にはユーサー王の他に王妃やモルドレッド、ダン、ジョーダン、貴族の有力者が数人待っていた。アーサーの帰還を皆が喜んで出迎えてくれたが、驚いたことにその中にジュリがいた。ジュリはまるで自分の城のように王宮にいた。

「アーサー王子、先に戻りましたことを謝罪します。身の危険を感じたので、致し方のないことでした」

ジュリは悲しげな顔つきでのうのうと言った。

「ジュリ殿、勝手な行動は困る。私についていきたいとおっしゃったのはあなただ。指揮官の許可なく先に帰るなど、あの場にいたらよほどまずいことでもあったのでは？」

アーサーは不敵な笑みを浮かべて、ジュリに尋ねた。ジュリの目が冷たい光を宿し、モルドレッドはムッとしてジュリを庇うようにアーサーの前に立ちはだかった。

「ジュリは神の子です、危険な戦場にいて何かあったらどうするつもりですか。私はジュリの判断は正しかったと思います」

モルドレッドはアーサーに噛みつかんばかりだ。モルドレッドと口論をする気はなかったので、アーサーは王座のユーサー王の前に進んだ。

「アーサー、報告せよ。どうなった」

ユーサー王は厳しい声音で問いながらも、頭が痛むのか、しきりにこめかみを揉んでいる。宰《さい》相《しょう》のダンは不安そうだ。アーサーは皆の前で戦場で何が起きたかを語った。ジュリの魔術や妖精王が現れたこと、妖精王が現れるなりジュリが逃げ帰ったこと、客観的に見てもジュリは疑わしく、ランスロットと共にいる樹里《じゅり》のほうが本物の神の子かも知れないと伝える。モルドレッドは「いいがかりだ！」と激しくアーサーを非難したが、構わずに自分の見解を述べた。アーサーの話にダンや他の臣下は予想通りの反応を見せた。特に妖精王が仲裁に入った話は、衝撃だったようだ。

「王、これは審議が必要なのではありませんか」

ダンは重々しくユーサー王を窺《うかが》った。

「うむ……しかし」

ユーサー王の反応は鈍かった。アーサーの知っているユーサー王ならこれだけ疑惑の芽があったら、慎重な判断を下す。けれどユーサー王は終始不快な表情で、煮え切らない。

「両者とも同じ姿で、本物かどうかの判断は神官長が下しました。大神官は『神官長が言うならそうなのでしょう』と自分に関わりのないことに関しては逃げ腰です。国に関わる大事を、神官長一人の判断で我々まで左右されてよいものか」

ダンはよく通る声で広間にいる一人一人を見回した。

するとそれまで黙りこんでいたユーサー王がこめかみから手を離し、顔を上げた。その瞬間、ふっと目から生気が失われ、アーサーはハッとした。

「騎士団三個隊を伴って罪人一人連れ帰れなかったとは……」

ユーサー王は忌々しげにアーサーを見た。空気がぴりっと張り詰め、その場にいた者が息を呑む。

「アーサーよ、この体《てい》たらく、何とする。しょせんお前はランスロットを破ることはできないのか」

ユーサー王は侮蔑的な笑みを浮かべ、アーサーを嘲笑った。

「父王、妖精王を敵に回すと申されるのか」

アーサーが反論すると、ユーサー王がいきり立った。

「何が妖精王だ！　王と呼ばれていいのは、余のみだ！　この私だけなのだ‼」

ユーサー王の怒鳴り声が広間中に響いた。その顔は醜く歪み、まるで何かにとり憑《つ》かれたように怒り狂っている。アーサーは救いを求めてダンを見た。ダンは険しい表情でユーサー王を見ている。貴族たちはユーサー王の激怒に呆気にとられている。

　ユーサー王がおかしいのは明らかだった。神を敬い、神事を大切にしてきたユーサー王の言葉とは到底信じられなかった。妖精王はキャメロットの地に太古より生きる特別な存在だ。キャメロットの民はすべからく妖精王を敬い、共存を願ってきた。

「王よ」

　緊迫した空気を和らげたのは王妃だった。それまで黙って控えていた王妃は、しずしずとユーサー王の傍に行き、細い指でユーサー王の手を包んだ。

「アーサーは戦闘を終え、戻ったばかり。疲れております。王も今日はお加減がよろしくないご様子。どうか今は別室にてお身体をお休め下さい。この件については明日もう一度、話し合うのがよろしいかと思います」

　王妃のたおやかな声がユーサー王の表情から険をとった。ユーサー王は再びこめかみに手を当て、「うむ……そうしよう」と王妃の申し出に従った。王妃はアーサーに軽く目配せすると、侍女を呼びユーサー王と共に広間を出ていった。

「では私も失礼します」

　ユーサー王がいなくなると、ジュリも会釈をして出ていく。モルドレッドもその後を追って、扉から消えた。

　ユーサー王やジュリたちが消えると、重苦しかった空気が少し軽くなった。

「ダンよ、王はどうなされたのだ。どうみてもおかしいではないか」

貴族の一人のウイリアムが青ざめた顔でダンに詰め寄った。ダンも悩ましげに白い髭《ひげ》を弄《いじ》る。

「私にもさっぱり分かりません。あの聡明なユーサー王が妖精王を愚弄《ぐろう》するなど……この件、妖精王のお耳に入らないことを祈るばかりです」

アーサーは疲労を感じて、部屋に戻ることを告げた。ダンも「ゆっくりお休み下さい」とアーサーを見送ってくれる。

石造りの廊下を歩いていると、自室の前に思いがけない人影を見つけた。ぎょっとしてアーサーは足を止め、睨《にら》みつけた。

「アーサー王子、お疲れ様です。ルーカンは腹痛のため休みましたので、私がお手伝いしましょう」

廊下で待っていたのはマーリンだった。いつもと変わらない態度でアーサーを見返している。

「お前……どうして、いる」

アーサーは薄気味悪い思いでマーリンをじろじろ見やる。

ラフランの地で闘った直後、マーリンはどこからともなくアーサーの陣地に現れた。そして「しばらくランスロット卿のもとにいたいと思います」と言いだしたのだ。マーリンには王宮にいられない理由があるらしい。めったに頼みごとをしないマーリンの願いなので、アーサーはランスロットにマーリンを託すことにした。ランスロットは最初マーリンを受け入れるのに反対した。アーサーの知らないところでマーリンは温厚なランスロットを怒らせることをしでかしたらしい。ランスロットの意に沿わぬことは絶対にしないという約束で、マーリンをラフランの地に置いてきた。

そのマーリンが目の前にいるのだ。ひょっとしてもう追い出されたのかと思ったが、そうではなかった。目の前のマーリンは、マーリンであってマーリンではないという。

「あなたをお守りする者を遣わすと申したはずですが？」

マーリンは嫌味なほど爽やかな笑顔を見せている。どういう術を使っているのか知らないが、息遣いさえ感じる。マーリンのやることにいちいち驚いてはいけないと、アーサーは気をとり直して部屋に入る。

「マーリン、父王の様子がいよいよおかしくなった。まさかあれは父王の偽物ではあるまいな？」

アーサーの問いに、マーリンはアーサーの腕の武具を外しながら答えた。

「まごうことなき、真のユーサー王にございます。しかしながら、何か術をかけられているのは確かでしょうね。これからその術を探ります。私の知っている術ならよいのですが……」

マーリンは器用にアーサーの武具を解いていく。ルーカンが三十分かかるところを五分でこなした。従者を替える必要があるかもしれないと頭の隅で思った。

「それから、アーサー王子」

マーリンはアーサーから離れると寝所に入っていった。ゆったりとした衣服に着替えたアーサーはマーリンに続いて寝所に足を踏み入れる。マーリンはアーサーのベッドの布を引き剝がしている。

　ふいに布の隙間から黒い虫が羽音を立てて宙に飛ぶ。マーリンはそれを素手で摑み、一瞬のうちに灰にする。

「あなたも狙われていることを肝に銘じて下さい。いついかなる時も油断なさらぬよう」

　続いてマーリンは枕を叩いた。枕の下から、蛇が顔を出し、アーサーは驚いて身を引いた。

「ジュリはあなたを敵と判断したようです。くれぐれもお気をつけ下さい」

　マーリンは蛇の頭を摑んで言う。蛇は身体をくねらせ、悶《もだ》えるようにマーリンの腕を締めつけた。蛇の大きく開いた口から黒い滴《しずく》がぽたぽた垂れる。それは床に落ちると、何かが溶けたような音を立てた。床に黒ずみと窪《くぼ》みができる。アーサーは息を吞んだ。

「勘弁してくれ……」

　アーサーは部屋を見渡し、鳥肌の立った腕を掻いた。とんだ暗殺者だ。おちおち寝ることもできない。

「今のところこの部屋は安全になりましたので、ご心配なく」

　マーリンは優雅にお辞儀して、腕に蛇を巻きつけたまま部屋を出ていった。安全と言われても蛇や虫がいたベッドですぐ眠る気にはなれない。アーサーは従者を呼びつけて酒を運ばせ、ひと時疲れを癒すことにした。

ユーサー王の状態は依然として芳《かんば》しくなかった。

絶えず頭痛がするらしく、お抱えの医師が薬湯を煎《せん》じているにも拘《かかわ》らず、床に臥《ふ》せる時間が多くなった。樹里とランスロットの件に関しては保留となり、アーサーは焦りと苛立ちが募った。妖精王が現れたと知れば、すぐジュリの件が審議されると思ったのに。ユーサー王はどうかしている。

「アーサー王子、お耳に入れておきたいことが」

定例会議が始まる前、ダンが浮かない様子でアーサーに近づいてきた。会議には有力者が集まる。今日はユーサー王の調子も悪くないというので、予定通り会議は開かれることになった。議題はいくつもあるが、当然のことながら樹里たちの話も出るだろう。有力者の後押しを得て、アーサーは樹里を戻す手立てを考えていた。

「どうした?」

アーサーは今日は武具はつけず、麻のシャツに革のズボン、革のブーツを履いている。会議なので帯剣もしておらず、身軽な格好で会議の間にいた。この会議では、剣を持ちこんではいけないという決まりがある。白いローブを身にまとったダンは、アーサーを部屋の隅に呼び、小声で話し始めた。

「王のことなのですが、どうやら医師の薬を飲んでおらぬ様子。代わりに、ジュリ殿が作った薬を飲んでいるようなのです」

「何？」

アーサーは驚いてダンを見返した。

「父王の頭痛はそのせいではないか？」

ジュリが煎じた薬を飲んでいるとは、ユーサー王はよほどジュリを信頼しているようだ。元来、ユーサー王は疑《うたぐ》り深《ぶか》い性格で、身内以外にそこまで気を許すとは信じ難い。

「私もそう思うのです。会議の後、ユーサー王のお部屋に同行していただけますか？」

ダンは何か思うところがあるらしく、固い決意を秘めてアーサーに言った。ダンはユーサー王がおかしくなった原因を探ろうとしている。アーサーに否やはなかった。

二階にある会議の間には大きな円卓が置かれている。ユーサー王を中心として、モルドレッドや貴族の有力者、騎士団隊長がそれぞれの席につく。ランスロットの席は、ぽっかりと空いていた。ユーサー王はアーサーに第一部隊の隊長を新たに選任せよと命じたが、熟慮したいと伝えて、ひとまず保留にしている。第一部隊は選《え》りすぐりの騎士たちで構成されている。本来なら隊長にふさわしい力のある者は少なくない。けれどアーサーは、第一部隊の隊長はランスロットのままにしておきたかった。

定刻になり、ユーサー王は従者を伴い、重い足どりで現れた。席についていた者すべてが立ち上がり、王に忠誠を示す言葉を唱えた。

「我らはキャメロットの民、キャメロットの繁栄を願い、王にすべてを捧げる者である」

いくつもの声が重なり荘厳な空気になると、ユーサー王が着席するように手で示した。

その時、会議の間の扉が開き、白い衣をまとった少年が入ってきた。円卓に座っていた人々がいっせいに振り返り、次に戸惑ってユーサー王を見る。涼しげな面で入ってきたのはジュリだった。会議の間に入ってきた無礼を咎《とが》めようとアーサーが腰を浮かすと、ユーサー王が鷹揚《おうよう》に手を上げた。

「よい、余が呼んだのだ。神の子にも会議に立ち合ってもらおうと思ってな」

ユーサー王は抑揚のない声で告げる。

「神の子を？　しかし、それは……」

アーサーは顔を顰《しか》め、異を唱えようとした。神の子や大神官、神官長といった者たちはあくまで信仰に携わる者であって、政治には関わるべきではない。それがこれまでの方針だ。会議に神の子が出席するなんて、聞いたことがない。

「余が許したのだ、つべこべ言うでない！　文句があるならそなたが退席せよ！」

ユーサー王は苛立ったように怒鳴った。アーサーは不満ながらも着席するしかなかった。臣下の間でもざわめきが起こる。ジュリは自分のことではないようなすました顔でユーサー王の横に立つ。

（一体、どういうつもりだ）

アーサーはダンと目を見交わし、突然の事態に戸惑った。樹里とランスロットの件に関して物申すつもりなのだろうか？

「で、では会議を始めます……」

議長のシャプールがきょろきょろしながら口を開いた。ジュリという部外者の存在に違和感を残しつつも会議は粛々《しゅくしゅく》と進んだ。新たに造られる用水路や、作物の出来、他国の情勢について話し合われる。

議題を半分ほど終えた頃だろうか、アーサーは真向かいに座っているウイリアムの様子がおかしいのに気づいた。やけに息が荒く、苦しげに咽《のど》の辺りをさすっている。ウイリアムは四十代の恰幅のいい男で、国で一番多くの馬を所有している。騎士団の馬はウイリアムが手をかけたものが多い。

どうしたのかと聞こうとした瞬間、ウイリアムが椅子を倒して立ち上がった。

「ウイリアム？」

アーサーはいぶかしげにウイリアムを見た。ウイリアムの目はぎらつき、身体はわなないている。何事かと隣の席の者が手を伸ばそうとしたが、ウイリアムはいきなり壁に向かって走りだした。そして、壁に飾られていた大ぶりの剣を摑んだ。ウイリアムは慣れない手つきで剣を掲げると、ユーサー王に向かって奇声を上げる。

「おい、何をする⁉」

アーサーはウイリアムを止めようとした。だが、その前にユーサー王の隣にいたジュリが、ウイリアムとユーサー王の間に割って入る。剣はユーサー王に届く前に見えない力で吹き飛ばされた。

「なんと恐ろしい。王に向かってこのような真似を」

ジュリは唸《うな》り声《ごえ》を上げるウイリアムの額に指を押し当て、何か短く歌った。とたんにウイリアムは「うぐあぁっ」と悲鳴を上げ、涙と涎を垂らしながら床に崩れ落ち、七転八倒する。ユーサー王は腰を浮かし、他の者は言葉もなく立ち尽くしている。ウイリアムは悲鳴を上げて、のた打ち回っている。

「ウイリアムが……何故……」

ユーサー王は突然の出来事にわななないた。アーサーはハッとして、ウイリアムの近くにいた第二部隊隊長のバーナードを見た。

「ウイリアムを拘束せよ！」

アーサーの命令に従ってバーナードがウイリアムに駆け寄ろうとする。けれどそれを阻止するかのごとく、ジュリが素早く床に落ちていた剣を拾い上げて、躊躇《ちゅうちょ》なくウイリアムの腹に突き立てた。

「ぎゃあああ……ッ!!」

絶叫が会議の間に響き渡る。

「ひぃっ」

ウイリアムの腹から血が噴き出し、周囲の貴族たちが悲鳴をあげて逃げ出す。ジュリは剣を引き抜くと、笑みを浮かべてウイリアムを見下ろしている。ジュリの白い衣は血で真っ赤になり、頬や鎖骨にも血が点々と散っている。

「王に刃を向ける者は、許しません」

ジュリは穢《けが》れのない笑みで、止めを刺すようにウイリアムに剣を向けた。アーサーは無意識のうちに飛び出して、ジュリの手首を摑んだ。不満げにジュリに睨まれたが、剣を奪い、部屋の隅に放り投げる。

「ウイリアム！　しっかりしろ！」

アーサーは自らのマントをとり、ウイリアムの傷口に強く押し当てた。壁にかかっていた剣は昔のもので、実戦向きではないし、研《くる》いでもいない。だからウイリアムの痛みは相当なものだったろう。ウイリアムはしばらく悶《もだ》え苦しんでいた。やがてぴくぴくと手足が痙攣《けいれん》し、大量の血や尿が流れる。

アーサーはウイリアムが絶命するのを見ていることしかできなかった。

ウイリアムは穏やかな男で、馬を愛し、王家に忠誠を誓っていた。その男がいきなり乱心するなんて信じられない。きっと、ジュリが何かした。

「……釈明もさせずに、いきなり刺し殺すとは、どういう了見ですか。ここは戦場じゃない。あなたにそのような権限はないはず」

アーサーがジュリを詰問する前に、ダンが静かに制した。ジュリはこめかみをぴくりとさせ、冷たい眼差しでダンを見返した。

「ユーサー王、出すぎた真似をして申し訳ありません」

ジュリは殊勝な態度でユーサー王に上目遣いで謝罪する。ユーサー王は疲れた様子で椅子に腰を下ろすと、手を振った。

「いいのだ、ジュリ。余を助けてくれたのであろう。ダン、ジュリは余のために必死だったのだ、咎《とが》める必要はない。会議の間が汚れてしまったな、誰か片づけを」

ユーサー王は顔を顰め、怠《だる》そうな声で言う。

「しかし父王、誰かが拘束すればよかっただけの話、神の子といえど手にかける必要はなかったはず、そもそもウイリアムがあのような……っ」

アーサーは納得がいかずに立ち上がり、声を荒らげた。

「うるさい、そのようなことは聞きたくない！　会議はこれで終わりとする！」

ユーサー王はアーサーの声に反発したように怒鳴り返し、閉会を宣言した。おぼつかない足取りで椅子から離れるユーサー王を、従者が支える。

「私も衣服が汚れましたので、失礼いたします」

ジュリは平然とユーサー王と共に会議の間を出ていった。アーサーは苛立ちを抑えきれず、歯ぎしりをした。まさか目の前で殺人が行われるとは思わなかった。ウイリアムと親しかった貴族たちが、顔を歪め、駆け寄る。

「ウイリアム、どうしてこのような……」

「信じられない、ウイリアムが何故……」

会議の間は悲しみと困惑に満ちた。

「アーサー王子、一体どうなっているのです？　我々には訳が分かりません」

隊長たちも動揺してアーサーに真意を問う。

「アーサー王子、この国に危機が迫っております……。早急に手立てを考えないと」

ダンは見たことのないような恐ろしい形相でおびただしい血の痕を凝視する。会議には通常帯剣しない。もしこれがジュリの企てだというなら、壁にかけられた剣についても知っているに違いない。

ジュリはどうやって人を操るのだろうか。

アーサーはジュリの会議への参加を阻止しなかった己を悔やんだ。


会議の間を出ると、マーリンが廊下で待っていた。アーサーは会議の間で起きたことを細かく語った。マーリン殿、どちらに行かれていたのですか」

扉からダンが出てくると、マーリンを見て安堵したように歩み寄ってくる。

「ダン様、これからユーサー王の部屋に参るのですか？」

マーリンはまだアーサーが話していないのに、ダンの考えを見抜いていた。ダンは大きく頷き、促すようにマーリンの背中を押した。

「医師の煎じた薬を飲むように申し上げなければなりません。どうか、お二人もご一緒に」

ダンは長いローブを引きずって、ユーサー王の部屋に通じる階段を上がる。アーサーとマーリンもそれに続いた。

「会議の間を血で汚すなど、許しがたい暴挙です。こんな異常事態なのに神の子の言うままとは、ユーサー王はまるで人が変わったようだ。マーリン殿、あなたは魔術を扱う。温厚だった人物が突如王に剣を向けることはありえるのですか？」

南の階段はくねくねと折り曲がっていて、その先には王と王妃の私室のみだ。敵や刺客に一番狙われにくい場所が王と王妃の部屋になっているのだ。ダンは長い階段に息を切らせている。

「他人を動かすのは容易なことではありません。数日かけて準備しなければ無理でしょう。ウイリアム卿のことは……。ウイリアム卿の周囲を調べたほうがよい」

マーリンは足音一つ立てずにするすると階段を上っている。

「すぐに調べましょう。ウイリアム卿の家族にも連絡をしなければ。頭が痛いことだ」

ダンは胸を押さえて立ち止まり、苦しげに息を吐いた。アーサーが大丈夫かと尋ねると、少し休憩させてくれと言って階段に座り込んだ。

「アーサー王子。やはり私も今の神の子が本物とは思えませぬ。人を斬り殺してあのような笑みを浮かべるとは……ゾッとしました。だが何故あれほど似ているのか……」

ダンは肩を落として頭を抱えている。アーサーもウイリアムに剣を突き立てたジュリを思い出すと怖気《おぞけ》が立った。

ダンが回復すると、アーサーたちは長い階段を上りきった。アーサーはユーサー王の部屋の前に立った。衛兵がアーサー王子を見て、敬礼する。

「ユーサー王に話がある。取り次いでくれ」

アーサーの声に一人の衛兵が中に入っていく。しばらくして戻ってきて、衛兵が大きな扉を開けた。

「どうぞ」

衛兵に促され、アーサーはマーリンとダンを伴って王の部屋に足を踏み入れた。王の部屋はいくつかに分かれていて、どれも華美で重厚な家具を揃えている。他国からの贈り物や、他部族からの貢物でいっぱいだ。ユーサー王は寝所にいるというので、一番奥にある部屋に向かった。

「アーサーか。何用か」

ユーサー王はベッドに入るところだったらしく、寝間着に着替え、疲れた様子だった。ユーサー王はベッド脇の台に置かれた薬湯の入った瓶を口に運ぼうとする。

「お待ち下さい、父上」

アーサーはあえて父王とは呼ばずに父上と呼んだ。ユーサー王が手を止め、いぶかしげにアーサーを見返す。アーサーはやんわりとユーサー王の手から薬湯を取り上げた。

「これは医師が煎じたものですか？　それとも、神の子が……？」

アーサーはなるべく柔らかい口調で尋ねた。ユーサー王の精神は今不安定だ。なるべく波立てないようにと気を遣った。

「これか？　これは……神の子が持ってきたものだ。飲むと気分がよくなる」

ユーサー王はぼんやりと答えた。アーサーはマーリンに目配せをした。マーリンはアーサーの手から瓶を受けとり、代わりに似た瓶を取り出した。形状は少々違うが、今のユーサー王なら見破れないと考え、アーサーは瓶を返した。思った通りユーサー王は気づかずに瓶を口に当てた。

「王、ウイリアムがこれまで我が国にもたらした功績の数々……ご記憶でしょう。彼は非常に善い民でした」

ダンは穏やかにユーサー王に切り出した。ユーサー王は肩を落としてベッドに腰を下ろすと、ダンの問いかけに深く頷いた。

「そうだな、ウイリアムはよくやってくれた。何故あのような真似をしたのか……」

ユーサー王の返事がまともだったので、アーサーは少しホッとした。どうやらまだ正常な心も残っているらしい。

「どうか彼にご慈悲を。釈明の機会も与えず処罰を下してしまいましたが、彼の身内には手厚い保護をお与え下さい」

ダンはユーサー王の前に跪き、誠心誠意訴えた。

「うむ……そうだな、そうしよう」

ユーサー王は両目にかすかな光をとり戻して頷いた。

その時、人の声がした。何事かと振り向くと、扉のほうから神の子らしからぬ華やかな赤い衣をまとったジュリが風と共に入ってきた。肌の露出の多い、しゃらしゃらと揺れる薄布一枚の衣装だ。踊り子の衣装さながらで、この季節にしては、いささか刺激的すぎるのではないかとアーサーは眉根を寄せた。ジュリはアーサーたちを見て、驚いた様子もなく微笑む。

「これはこれは、アーサー王子、ダン、マーリンまで。おそろいでいかがなされたのですか」

ジュリは手に青い小瓶を持っていた。

「父と話すのに、理由など必要ない。神の子、それは？」

アーサーは好戦的にジュリを見返した。樹里と同じ顔をしているが、見間違えることはなさそうだ。あまりにもまとっている気が違いすぎて、間違えようがない。

「王に薬をお持ちしました。豊穣《ほうじょう》の女神の水を使った、痛みを和らげる薬です」

ジュリは持っている小瓶をユーサー王に手渡そうとする。それを阻止したのはマーリンだった。

マーリンはジュリの前に一歩進み、歩みを阻む。

「僭越《せんえつ》ながら、成分はどのようなものでしょうか？　ユーサー王にお渡しする前に毒味が必要かと。よろしければ、神の子自ら、口にしてはもらえないでしょうか」

マーリンは嘘くさい笑みを浮かべ、大胆な提案をする。アーサーは内心、しめたと思った。ジュリの反応いかんによっては、危険な薬かどうか分かるからだ。

「私を疑っておられるのですか？　私はユーサー王のためにこの命も投げだす覚悟ですのに。お二人も先ほど見たでしょう？　ユーサー王に刃を向ける者は、どんな理由があれ私は許しません」

ジュリは嘆かわしげにアーサーとダンに目で訴える。

「神の子、疑いを晴らすためにもどうぞ」

ダンは瞬《まばた》きもせずにジュリを見つめて顎《あご》をしゃくる。

「やれやれ……。皆さんは何か誤解なさっているようだ。これは薬ですよ」

ジュリは苦笑して小瓶を口に流し込んだ。躊躇した様子はない。少なくとも即効性の毒ではなさそうだ。

「ほらね。何もないでしょう。心配性ですね。だが、王はよい部下と息子をお持ちだ」

ジュリは優雅に礼をして、「薬を飲んでしまったので、また作ってお持ちします」と背中を向けて去っていった。

「神の子に失礼ではないか？　神の子は薬を届けてくれただけだろう」

ユーサー王は不満げにアーサーたちを見やった。

「薬を届けるだけで、あのように扇情的な姿で来る必要が？」

アーサーは不快感を露《あらわ》にした。まさかジュリはユーサー王にまで言い寄っているのだろうか？

モルドレッドならいざ知らず、ユーサー王にまで色香を使っているならば見過ごせない。

「馬鹿なことを申すな」

ユーサー王はアーサーの心配を一笑に付した。アーサーは黙ってユーサー王を見つめていた。


ウイリアムの死は、王宮だけでなく王都にも不穏な空気を浸透させた。

神の子の入れ替わり事件から、民の間では噂が飛び交っている。帰還した騎士たちがジュリの恐ろしい術や妖精王が樹里をかばった件について語ったことも大きな要因となっていた。神殿にいる神の子が本物なのか議論が交わされ、ランスロットを支持する人々が増え始めていた。

「我々に有利な流れになっているが、神の子はどう思っているのだろう？」

マーリンの部屋を訪れたアーサーは、窓を開けたい衝動に駆られながら聞いた。マーリンの部屋は多くの書物と実験器具で埋め尽くされていて、湿っぽいし空気が淀《よど》んでいるせいだ。ベッドの上にまで古びた書物が積み重なっていて、どこで寝るのか謎だった。

「ジュリは魔術の腕はすごいですが、世間知らずの箱入り息子なのです」

マーリンはガラスの瓶に液体を注ぎ、小さく笑った。

「どういうことだ？」

アーサーは首をかしげた。

「人の心が分からないし、重要視していない。だから民がどれだけ騒ごうと、平気なのです。これは我々にとって有利なことです。ジュリが軽んじている民の気持ちを利用して、ジュリを王都から追い出すことができるかもしれない」

マーリンは色の変わった瓶を見て、何か記している。

「お前はジュリをよく知っているような口を利《き》くな」

アーサーは何げなく呟いた。マーリンはすっと顔を強張らせ、ペンを走らせる。

「まだお前からは重要なことを聞いていない。ランスロットと何があった？　王宮にいられない理由とは何だ？　納得いく説明が欲しい」

瓶からつんとする臭いが漂い、アーサーは身を引いて言った。

「理由は簡単です。私はジュリを殺し、樹里を殺そうとした。そのせいで王宮にいることが難しく、ランスロット卿からは嫌われているのです」

マーリンがあまりにさらりと口にしたので、最初アーサーは話を呑み込めなかった。ようやく言っている意味を理解すると、呆然として腰を浮かせる。

「おっ、お……、まえ、殺したって、何を……っ」

いきなりの爆弾発言にアーサーは怒鳴ることもできずにいた。ジュリを殺し、樹里を殺そうとした？　マーリンが陰でそんな恐ろしい真似をしていたとは、信じられなかった。

「くわしい事情はまだお話しできませんが、ジュリは生き返って皆の前に姿を現した。あなたのご執心の樹里はジュリの身代わりをしていたのです。だが、だからといって樹里が偽物の神の子というわけではありません。前に申しましたよね、どちらが本物かどうかを詮議《せんぎ》するのは無駄なことと」

マーリンはしれっとして答える。

「ジュリは私のしたことを知っているので、私の命を狙うでしょう。ジュリの力は強く、生身の身体では敵うかどうか分かりません。ああ、樹里を殺そうとした件に関しては、まだお話しできません。お怒りはごもっともですが、私はあなたの身に危険を及ぼす存在を排除しようとしただけ。この命に懸けて誓いますが、私利私欲で殺そうとしたわけではありません」

アーサーは怒りを抱いて、自分のもっとも信頼する魔術師を睨みつけた。樹里を亡き者にしようとしたのは到底許されることではない。だが、アーサーはマーリンが意味もなくそんな真似をする男ではないこともよく分かっていた。マーリンのすることはすべてアーサーのためになると判断したものだけなのだ。とはいえ、愛する樹里の命を狙ったことは簡単に許せるものではなかった。

「私はあくまで分身。本体が戻ってきたらくわしくお尋ね下さい」

マーリンに素知らぬ顔で言われ、アーサーは苛立ちを呑み込んだ。目の前にいるのはマーリン本体ではない。偽物にいくら怒っても、虚しいだけだ。

「――だいたいの成分は分かりました。ユーサー王が飲まされている液体には微量の毒と、依存をもたらす成分が含まれております」

マーリンは瓶のふたを閉め、顔を上げた。アーサーは気をとり直して鋭い目つきでマーリンを見た。

「確かか？」

マーリンは静かに頷く。

「毒は一度飲んだくらいならばたいしたことはありませんが、飲むほどに身体を蝕《むしば》むものです。早急に止めたほうがよろしいかと」

マーリンが薬の成分を記した紙をアーサーに手渡した。アーサーはそれを懐《ふところ》に忍ばせると、部屋を出ていこうとした。一刻も早くユーサー王にこれを見せ、薬を飲むのをやめて、ジュリを処罰してもらうつもりだった。

「お待ち下さい。微量の毒は発見されましたが、あまり知られていない植物のものです。ジュリに知らなかったと言われれば、それ以上糾弾するのは難しい。ジュリは他の神官がやったと言うかもしれませんしね」

冷静なマーリンの指摘でアーサーは出端をくじかれた。

「ではどうしろと？」

ジュリを確実に追い詰める証拠がなければ、簡単には状況は変えられないだろう。アーサーは苛々して尋ねた。

「まずは薬を飲ませないことです。ユーサー王には、ジュリは知らずに調合したかもしれないので、とりあえず受けとって飲まないようお勧めして下さい。あなたが指摘するより、ダン様に話してもらったほうが上手くいくでしょう」

マーリンの提案にアーサーは渋々頷いた。こういう謀《はかりごと》はアーサーの得意とするところではない。アーサーもそれは重々承知している。

「俺は一刻も早くジュリを追い出し、樹里を王都に呼び戻したいのだ。そのための知恵をくれ」

アーサーはテーブルに身を乗り出し、熱っぽく訴えた。もうずっと樹里をこの腕に抱いていない。独り寝の夜は樹里が恋しくて、今すぐにでもラフランの地へ駆けたいと思うほどなのだ。

「私は民の力を利用するのが一番だと思います。そのために噂を広める仕込みをしております。それに樹里はランスロット卿のもと、手厚い扱いを受けておりますのでご心配には及びません」

マーリンはそう言うが、ランスロットという好敵手のもとに樹里を置くのもつらいのだ。万一でも樹里がランスロットになびいたらと思うと、いてもたってもいられない。人の心が簡単に変わるのをアーサーはよく知っている。樹里は自分を好きだと思うが、もっと強い絆《きずな》を得ないと安心して他人に任せることはできなかった。特にランスロットのような優れた男には。あれほどいい男が傍にいて、気持ちが揺れない者は少ないだろう。

「アーサー王子、ジュリを簡単に倒せると考えないで下さい」

マーリンの言うことはもっともで、アーサーはもどかしい思いを抱えながら部屋を出ると、その足で宰相のダンの部屋に向かった。ダンの部屋は北側の日当たりの悪い塔にある。本来なら南の塔に部屋を持つものなのだが、日が当たらない場所のほうがいい考えが浮かぶと言い、下男たちの暮らす塔に部屋を持っているのだ。

「アーサー王子、このような場所に恐れ入ります」

ダンの部屋を訪れたアーサーは、マーリンの部屋とは別の意味で呆れた。ダンの部屋の壁は書物だらけで、高い場所の本は脚立を使わないと手が届かない。本に埋もれて死にそうだと思いながら、アーサーはユーサー王の薬の成分表をダンに見せた。

「微量の毒が……。なるほど、分かりました。私からユーサー王に服用をやめるよう進言しましょう。お任せ下さい」

ユーサー王の信頼の厚いダンなら上手く話してくれるだろう。アーサーはひとまず気持ちを落ち着かせた。ダンはアーサーに茶を振る舞う。

「実はウイリアム卿の奥方が、納得がいかないと申しておりまして」

ダンは疲労の濃い顔でため息をこぼした。

「夫が会議の場で乱心したことが信じられないのでしょう。しかも神の子に殺されたとあって、余計疑惑を抱いているようです。――今、民の間では神殿にいる神の子こそ偽物ではないかという議論が巻き起こっているのです。奥方は会議の日の三日前にウイリアム卿が神殿に呼び出されたことを教えてくれました。ウイリアム卿は神の子と会談したそうです。理由は馬の調達についてらしいのですが、そこで何か怪しい術をかけられたのではないかと疑っておられるのです」

アーサーは目を細めた。神の子ジュリはよほど自分に自信があるらしい。堂々とウイリアムを呼び出しておいて、ごまかすこともしない。

（マーリンは世間知らずと言っていたが、とすると、やはりずっと神殿の奥深くにいた神の子なのだろうか？）

アーサーは頭がこんがらがって金糸をガリガリと掻いた。マーリンはどちらが本物の神の子かを考えるのは無駄なことと言っていた。あの二人にはアーサーの知らない深い闇があるようだ。いずれそれを詳《つまび》らかにせねばならないだろう。

「アーサー」

北側の塔から戻る途中、グィネヴィアと遭遇した。グィネヴィアはアーサーを見るなり、嫌悪を露にして近づいてきた。グィネヴィアは眉尻を上げて、堪《こら》えきれない怒りを態度で表した。

「アーサー、あの神の子……どうにかなさって！　王宮へ我が物顔で出入りして、許せません」

グィネヴィアは憤怒《ふんぬ》に頬を染めている。

「何かあったのか？」

アーサーは声を潜めて聞いた。

「モルドレッドと仲良くなさるのは構いません。けれどあの子……よりにもよって、ユーサー王とも関係を持っているのです。こんなふしだらな真似、許せません。王妃さまはショックを受けて寝込んでいらっしゃるのよ」

グィネヴィアは怒りに瞳を燃やして、握っていたハンカチを震わせた。アーサーは驚いて周囲を見渡した。

「それは本当なのか？　誰が見た？」

ジュリがユーサー王と親密な関係にあるとしたら、大変なことだ。そんな不義は認められるはずがない。だが、そう言われてみると寝室に現れたジュリの扇情的な服装にも納得がいく。愛人を見て見ぬふりをしている母も、これが事実だとしたら相当苦しんでいることだろう。

「くわしい話は聞けませんでした。泣かれてしまって……。アーサー、あの神の子は一体どういうつもりでしょうか。神の子は王の子と結ばれる存在でしょう？　王と懇意になる必要はありませんのに」

グィネヴィアは母のことを思い出したのか憂えた表情になった。幼い頃から王宮で暮らしているグィネヴィアは母とも仲が良い。そのグィネヴィアがそう言うなら本当なのだろう。

「本当に……何がしたいのだろう」

アーサーはもやもやとして、じっと考え込んだ。ジュリの目的について、これまで真剣に考えてみたことがなかった。ジュリは神の子としての役目を果たそうとしているわけではない。果たすつもりならユーサー王に毒を盛る必要はないし、ユーサー王と寝る必要もない。ジュリは王宮を混乱させようとしているかのようだ。モルドレッドがユーサー王と二股をかけられていると知ったら、どうなるだろう？　モルドレッドはアーサーと違い、色事に疎《うと》い。純情な一面があるモルドレッドが、ジュリの本性を知ったらどうなるのか。

「グィネヴィア、このことをモルドレッドには言わないでくれ」

アーサーは考えた末に、グィネヴィアにそう言った。モルドレッドは思い込みが激しいから、ジュリがユーサー王とも関係を持っていると知ったら怒り狂うだろう。その結果ジュリを見限ってくれるならいいが、惚れ込んでいるあの様子からするとその可能性は低い。だとしたら余計な内紛の種は作らないほうが得策だ。そう計算する一方で、これは好機かもしれないと思った。

（その証拠を摑んだら、斬ることができる）

もし本当にジュリがユーサー王と褥《しとね》を共にしているなら、剣を抜く口実ができる。神の子が王と寝るのはこれまでの歴史上、ありえないことだ。不実な真似をしたと、ジュリを斬り殺しても神殿側は文句を言えないだろう。

アーサーは今に見ていろと闘志を燃やした。ジュリがしたいようにするなら、お返しに同じことをするまで。アーサーは膠着《こうちゃく》した事態が動くのを期待して胸を高ぶらせた。

その日からアーサーはユーサー王の部屋の隣にある従者の部屋に、寝泊まりすることにした。困惑する従者には別の部屋を与え、己は廊下に近い場所で待機した。衛兵にはあらかじめジュリが来たら連絡を寄こすようにと命じているが、ジュリの魔術をかけられていることも考えられる。何しろ衛兵や従者にジュリがユーサー王の部屋に来ることはあるかと尋ねたら、一様に知らないと言ったのだ。従者はともかく扉の前で警護する衛兵が知らないわけはない。何か術を使ったとしか考えられなかった。

二日、三日とアーサーは従者の部屋でジュリを待ち構えたが、ジュリが訪れる気配はなかった。夜中ずっと起きているので昼間は眠くなり、騎士の訓練にも身が入らなかった。マーリンに見張りを頼もうかとも思ったが、話したら止められるような気がして黙っていた。こういう時に頼りになる従者がいればいいのにと、自分の従者であるルーカンを見てうんざりする。ルーカンのいいところは決して主《あるじ》を裏切らないという一点だ。その一点だけで、アーサーはルーカンを従者にしたのだが。

四日目の夜、うとうとしかけていたアーサーは、何か物が倒れる音がして目覚めた。急いで扉に耳を押し当てると、ユーサー王の部屋の扉が開く音がかすかに聞こえる。アーサーは少しの間、その場で待った。そして、そっと扉を開ける。

廊下の先にあるのはユーサー王と王妃の部屋のみだが、ユーサー王の部屋を守る衛兵たちが二人、倒れていた。アーサーが目覚めた音はこれだろう。アーサーは足音を忍ばせて廊下を進んだ。

倒れている衛兵の首筋に手を当て、生きているか確かめる。二人とも意識を失っているだけのようだ。

(見てろ、すました顔をしていられるのも今のうちだ)

衛兵が倒れているのなら、剣を抜くのも問題はない。アーサーは鞘《さや》から静かに剣を抜き、ユーサー王の部屋に続く扉を押し開けた。最初の部屋には誰もいない。ユーサー王の寝所は奥の間だ。アーサーは慎重かつ足早に扉に近づいた。

人の声はしない。だが気配はある。

アーサーは思い切って扉を開けた。最初に目に入ったのは、寝ているユーサー王の枕元に立つジュリだった。ジュリは持っていた小瓶の液体を、ユーサー王の耳に注ぎ込もうとしている。

「父王に何をする！」

アーサーは間髪容《かんはつい》れず、剣を振りかざした。ジュリが振り向く前に、全身の力を込めてジュリの肩から背中にかけて斬りつけた。

「何……っ⁉」

アーサーは驚愕《きょうがく》して目を見開いた。刃はジュリの身体のわずか手前で止まってしまったのだ。それ以上斬ろうとしても、どうしても刃が動かない。アーサーは息を吞んだ。

するとジュリが振り返って、何か歌いながら手を伸ばしてくる。

ランスロットの領地での闘いの記憶がアーサーに甦った。死んでいった兵のように、自分も殺されるのか、と思ったのだ。けれどアーサーの身体には異変は起こらず、痛みもなかった。ジュリもそれに気づいたのか、かすかに舌打ちして手を下ろす。

「王家の血か……」

ジュリの呟きが漏れると同時にユーサー王が眠りから目覚めた。アーサーは剣を引っ込めて、ジュリを睨みつけた。

「このような時間に父王の寝所に何用か！　暗殺目的か！」

アーサーの怒鳴り声にユーサー王はしきりに目を擦りながら起き上がった。ユーサー王は困惑したようにジュリとアーサーを交互に見る。

「父王、こやつは衛兵を奇妙な術で眠らせ、父王の寝所に忍び込んだのです。私が見ていると、父王に何かしていた様子。暗殺かもしれません」

アーサーは声高にジュリを糾弾した。ユーサー王は眉根を寄せてジュリに目を向ける。するとジュリは顔を覆って泣き崩れた。

「とんでもない誤解です……。私はユーサー王にお会いしたくて……、ユーサー王を忘れられなかったのでございます……」

ジュリは涙ながらにユーサー王を見上げる。何を馬鹿なことを言っているんだと言いたかったが、信じられないことにユーサー王はジュリをかばうように招き寄せる。

「アーサー、ジュリを責めるでない。寝所に来るのを許したのは余なのだ」

ユーサー王がジュリの髪を撫でながら言う。アーサーは一瞬言葉を失い、馬鹿みたいに突っ立っていることしかできなかった。ユーサー王はここ数日ジュリの作った薬を飲んでいないはずだ。

目を見ても操られている様子はない。

「正気の発言とは思えません。父王、こやつは神の子ですよ」

アーサーは毒気を抜かれながらも、ユーサー王の理性を呼び覚まそうと言い募った。

「神の子が王の子と結ばれる存在であることは、父王はよく分かっておられるはず。それに母上は？　母上の苦しみはいかばかりかと」

「余には他にも夜を共にする者がおる。今さらイグレーヌも気にせぬだろう」

ユーサー王は平然とジュリの肩に手を回す。ジュリの唇の端がにやーっと吊り上がり、アーサーは頭の芯が怒りで焼き切れそうになった。

「神の子はモルドレッドとたいそう仲が良いと思いましたが？」

アーサーはすがめた目でジュリを見やった。

「王の子とは交流する義務がございます。けれど私の心はユーサー王のもの……」

ジュリはユーサー王にしなだれかかって、囁《ささや》いた。

「アーサー、余を気遣ってくれたのは礼を言おう。息子として、臣下として余を案じる姿は立派だ。さすが我が息子だ。だがそっとしておいてくれぬか。余はもう一度神の子とやり直したいのだ。先代の神の子は、ひどいものだったからな」

ユーサー王は愛しげにジュリを見つめ、微笑む。ジュリは勝ち誇ったようにアーサーを見返した。

「申し訳ありません、ユーサー王。私がユーサー王の部屋に出入りしていると知られたら、ユーサー王によからぬ噂が広まると思い、衛兵を眠らせて入ってきたのです。私が帰る頃には眠りから醒めますのでご安心下さい」

どこまでも小賢《こざか》しい言い訳をするジュリに、アーサーは憤《いきどお》りで拳《こぶし》が震えた。いつの間にかジュリはユーサー王を誑《たら》し込《こ》み、自分のよいようにしている。母が泣き寝入りするしかなかったのがよく分かった。

「……分かりました。父王がそうおっしゃるのでしたら、何も言いますまい」

アーサーはジュリの胸ぐらを摑みたい衝動をかろうじて堪えた。力で何とかなるなら、我慢はしなかった。けれど先ほど剣で斬ろうとしても斬れなかったことが、アーサーを押し留めた。今の自分ではジュリを殺せない。無意味な闘いは不利になるだけだ。

「失礼します」

アーサーは去り際にジュリを睨みつけた。

乱暴な足どりで部屋を出ると、苛立ちを抑えきれずに廊下に置かれていた壺《つぼ》を台ごと蹴り飛ばした。愛する樹里と同じ顔をしているが、ジュリはまったく別の生き物だ。ジュリに対する怒りが収まらない。カッカしたままアーサーは階段を駆け下り、マーリンの部屋に向かった。

「マーリン、ジュリを殺せなかった」

真夜中、寝ていたマーリンを叩き起こして一部始終を語った。ローブ姿で横たわっていたマーリンは、呆れたように頭を抱え込む。

「アーサー王子、そのような無謀な真似をする前に相談していただきたかったです。あなたは自分を過信しているところがあります。以後必ず前もってお話し下さい」

マーリンはげんなりしたそぶりでアーサーを叱った。アーサーはそっぽを向き、マーリンのベッドにどかりと腰を下ろした。

「私の話を聞いておられますか？　ジュリは私が殺したにも拘《かか》らず、生き返ったのですよ。剣で斬れるなら、とっくに斬っております。ジュリの身体は特別な術によって守られているのです。殺害は無理だから排除するべく、民の力を借りて追い出すべきだと言ったのに。神の子が王と関係していると知ったら、民の中には嫌悪を示す者も多いはず。……しかし、私が思っている以上にユーサー王はジュリにご執心のようだ。大神官に対する不満が大きかったのかもしれません」

マーリンは珍しく不安げな眼差しで宙を見据えた。

「ユーサー王の理性を信じたいものですが……」

マーリンはちらりとアーサーを見た。その目はアーサーが大きな失敗をしたと詰《なじ》っているようだった。


マーリンの不安は的中した。

ユーサー王の寝所でジュリと会った数日後、アーサーは王命を受けた。

「アーサー、十日後より、西のケルト族を討伐せよ。率いるのは騎士団の第一部隊と第四部隊だ」

ウイリアムの乱心によって中断された定例会議の続きをやるために、急きょ行われた会議でのことだった。円卓の臣下や貴族の有力者がざわめいた。隊長たちも戸惑ったように目配せをする。西のケルト族は、キャメロット王国と何度か諍《いさか》いを起こしている戦闘的な部族だ。以前には激しい闘いもあったが、ここ数年は安定した関係を保っていた。わざわざ戦闘を始めるような問題は起きていない。どうしてそんな命令を下すのか分からなかった。

「父王、しかしケルト族は……」

「これは命令である」

ユーサー王はアーサーの言葉を遮り、厳《おごそ》かに告げた。ユーサー王の隣には当たり前のようにジュリが立っていて、妖艶《ようえん》な笑みを浮かべている。ジュリの仕組んだことに違いないとアーサーは唇を噛んだ。邪魔なアーサーを王都から追い出すつもりなのだ。

「反論は許さない。以上、会議を終える」

すっかり人が変わったように、ユーサー王はアーサーに厳しい命令を下した。冷酷だったが、賢王と称《たた》えられていたユーサー王はどこにもいない。ジュリはどうやってユーサー王を意のままにしているのだろう。

アーサーは怒りの持っていき場がなく、ひたすら耐えるしかなかった。こんな状態で王都を離れなければならないなんて、最悪の事態だ。あんな少年一人のために王宮中がおかしくなっている。

アーサーは会議の間を出た。廊下にはマーリンが待っていて、アーサーを見て近づいてきたが、ふとその足が止まる。

アーサーはハッとして背後を見た。いつの間にかジュリが後ろに立っていた。整っているが表情のない顔は、生気のないものだった。

「王宮にこのような不審なものは不要でしょう」

ジュリはアーサーの横を通り過ぎる際、自分の懐から細身の剣を取り出した。ジュリは風のような動きでマーリンを突き刺す。

マーリンの顔が硬直して、腹に立てられた剣を握りしめる。

「マーリン！」

アーサーは青ざめて叫んだ。

ジュリが剣を引き抜く。すると、マーリンの姿は消え、一本の枝がぽとりと床に落ちた。アーサーは呆然とした。マーリンは枝で自分の姿を作っていたらしい。

「本体でないのが惜しいが……。まぁいい、マーリンなど僕の敵じゃない」

ジュリはナイフを懐にしまい、何事もなかったように廊下を去っていった。アーサーはジュリを止めることも誹《そし》ることもできずにいた。

ジュリをか弱い少年と思うのはもうやめた。ジュリは魔術に長《た》け、アーサーの力が及ばないほど強い加護を持っている。認めたくないが、今のアーサーにはジュリを倒すことはできない。

床に落ちた枝を拾い上げ、アーサーは屈辱を噛みしめていた。

3 動きだした歯車

The gear which has begun to work

湖面に目を向けると、金色の光が飛び跳ねるのが見えた。それは水中に潜ったり、飛沫《ひまつ》を上げて飛び出してきたり、とても楽しそうだ。

海老原樹里《えびはらじゅり》は自分の身体にぴったり寄り添っているクロの身体を撫で、笑顔になった。クロは一見銀色の豹《ひょう》で、額には三日月を逆さにしたようなマークがある。本当は樹里の飼っていた黒猫なのだが、この世界に来て神獣に変化したのだ。

「やっぱ、俺の傍にはクロがいねーと駄目だな」

樹里はクロの毛をわしゃわしゃと掻き混ぜ、耳の辺りに顔を突っ込んだ。慣れ親しんだクロの匂いを嗅《か》ぎ、「はー癒される」とうっとりした。

「お前がいない間、ホントつらかったんだからな。頼むからもう俺から離れるなよ？」

樹里は言い含めるようにクロの目を見た。クロはしょんぼりして、べろべろと樹里の顔を舐《な》める。ざらりとしたクロの舌は長くて、顔中濡れた。

「樹里様」

馬の駆ける音と共に、ランスロットの声がして樹里は振り返った。ラフラン湖一帯の領地を治めるランスロットが黒い愛馬に乗ってやってきた。ウエーブがかった黒髪に凛《りん》とした顔立ち、優しさと強さを兼ね備えたランスロットはキャメロット王国一の騎士だ。樹里を助けるため王都を離れ、今は反逆者となってしまったが、王国に対する忠誠心は変わっていない。

「マーリン殿が呼んでおります」

愛馬からひらりと飛び降り、ランスロットが優しい微笑みを浮かべて言う。ランスロットはマントを羽織っているが、武具はつけておらず、帯剣しただけの身軽な服装だ。ランスロットは常に二振りの剣を持っている。一つはアーサーからもらった剣で、もう一つは妖精王からもらった剣だ。妖精王からもらった剣は、一振りするだけで周囲の敵をなぎ倒す力を持っている。ランスロットは眩しげに湖面に光る金色の存在を見つめた。

「妖精たちが遊んでいるようですね。この地から脅威が去り、喜んでいるのでしょう」

ランスロットの声に応《こた》えるように、金色の光——妖精たちが大きくジャンプする。樹里も改めてこの地が血で汚されなくてよかったと思った。犠牲者は出たものの、妖精王のおかげで被害は最小限ですんだ。

「お乗りになりますか？」

ランスロットは愛馬を示して言ったが、樹里はクロに跨《また》がった。

「俺はこっちで」

馬に乗るのが苦手な樹里は、クロの太い首に腕を回して言った。クロも誇らしげに顔を上げ、樹里を背中に乗せて勢いよく走りだす。ランスロットは苦笑して愛馬に乗り、追いかけてきた。

颪を切って走る心地よさに自然と笑みを浮かべ、樹里は城を目指した。


樹里は半年ほど前に、この異世界にやってきた。

十七歳の男子高校生だった樹里は、母親と二人、平穏に過ごしていた。英語教師と偽っていた中島《なかじま》に殺されかけた時、ガルダという神官長に月が二つあるこのキャメロット王国へ呼ばれた。紆余曲折《うよきょくせつ》があり、樹里は死んでしまった神の子の代理をする羽目になった。ところが死んだはずの神の子ジュリが突然生き返り、樹里を偽物と責めた。だが、実はジュリはキャメロット王国に呪いをかけた魔女モルガンの息子で、恐ろしい力を持っていた。

ラフランの地に逃げ延びた樹里は、王の子であるアーサーと、闘いの後に会うことができた。アーサーは俺様な性格ですぐ喧嘩《けんか》になるし、腹の立つことはいっぱいある。けれど男と恋愛なんて無理と思っていた樹里が惹《ひ》かれるくらい魅力のある男で、今ではなくてはならない存在だ。自分とは住む世界が違うのは分かっているが、好きになってしまった。

そのアーサーがマーリンという魔術師を置いていった。マーリンはずっと樹里の命を狙っていた敵ともいうべき相手だ。けれどマーリンはジュリを倒すため、一時的に手を組もうと言いだした。最初は半信半疑だったが、その言葉に嘘はなかったようだ。あれから二週間ほど経ったが、マーリンに変な動きはない。それどころか領地の治水を魔術で修復したり、野菜や麦の発育を促す術をかけたりして領民の役に立っている。

「ただいまー」

城門をくぐると、樹里は城内で働く領民と気さくに挨拶を交わした。樹里はすっかり領民と仲良くなり、この地に馴染《なじ》んでいる。城で働く人たちは最近やっとクロに慣れてきた。ジュリに操られていた時、樹里の腕を噛みちぎろうとしたのを見ていたので、怯《おび》えるのも無理はなかったのだ。城の手伝いをしたり、剣の稽古《けいこ》をしたり、暇になるとラフラン湖へ行って妖精の光のショーを観るのが日課だ。湖面で遊ぶ妖精たちは、楽しそうだ。この地は妖精王によって守られていると誇らしげに言う。

「マーリン殿は穀倉においでです」

階段のところで出会ったショーンにそう言われて、樹里は踵《きびす》を返した。ショーンはランスロットの従者で、そばかす顔にもじゃもじゃした頭の青年だ。ちょうど厩舎《きゅうしゃ》に愛馬を預けてきたランスロットと会い、一緒に穀倉へ行く。

穀倉は城から出て左側にある独立した建物で、この地帯で採れた穀物を保管する倉庫だ。牧場とかによく見る煉瓦《れんが》を積んだ建物で、扉が異様に重い。重々しい音を立てて扉を開けると、領民と話しているマーリンの姿が見えた。

マーリンは冷徹な青い目に酷薄そうな薄い唇が特徴的な男で、茶色い髪を後ろで一つに束ねている。どうやら穀倉にある穀物量を検分していたようだ。

「いやぁー、マーリン殿がいるとあっという間に終わって助かりますわ」

農民姿の男が穀倉を出ていく前に、明るい笑顔でランスロットに報告した。マーリンの魔術はあらゆる場所で役立ち、へっぽこ術師のガルダとは大違いだ。

「樹里、ランスロット卿、ちょうどいい。ここなら話が漏れる心配がないから、ここで話し合いましょう」

マーリンは数字を記した羊皮紙をくるくると丸めてランスロットに手渡すと、歌を一節歌い上げて開いていた扉を閉めた。マーリンは以前は樹里を海老原と呼んでいたのだが、混乱を招くと気づいたらしく、ここでは名前を呼ぶようになっていた。

「すげーたくさんあるなぁ」

樹里は感心してぐるりと見渡した。穀倉に入ったのは初めてだが、麻袋に詰められた大量の麦や野菜が積み上げられている。これだけあると一生食いっぱぐれない気がしたが、飢饉《ききん》が起きると数ヶ月と保《も》たないと聞いてびっくりした。

「クロ、破るなよ？」

クロは匂いに惹かれるのか、麻袋に鼻を押しつけて、すんすんしている。

マーリンに促され、樹里とランスロットは中央の開けた場所に集まった。

「王宮から報告がきました。ウイリアム卿が神の子に殺されたと」

マーリンが口を開くと、とたんにランスロットが激昂《げっこう》した。

「馬鹿な……っ、ウイリアム卿が？　何故！」

ランスロットは個人的な知り合いなのか、大きなショックを受けた様子だ。樹里はよく知らない人物だったが、貴族の一人として名前を聞いたことがある。

「会議に神の子が同席した時、突然ウイリアム卿が乱心してユーサー王を襲ったそうです。神の子は壁にかけられていた剣を持ちウイリアム卿に弁解の機会も与えず斬り殺したとのことです」

マーリンは王都と連絡をとり合っている。どうやっているのかはよく知らないが、アーサーの傍に守り手を置いてきたと言っていたし、何らかの魔術を使っているのだろう。

「温厚なウイリアム卿がユーサー王を襲うなど……っ、あの少年の仕業か……！」

ランスロットは拳《こぶし》を震わせ、全身から怒りの炎を上げた。定例会議にジュリが同席したと聞き、樹里もそう思った。そもそも会議に神の子が出席することはないはずだ。キャメロット王国は樹里の住んでいた日本と同じように政教分離を是《ぜ》として、神殿の者は政治には参加できないのに。

「神の子はユーサー王を操っているのかもしれません。王宮でたびたびその姿を見かけるようです。妖術を使ったのか、色香を使ったのかは分からないが」

マーリンは淡々と話す。

「それから王は微量の毒を飲まされていたらしい。宰相《さいしょう》が上手く計らって飲まないようにしたらしいが、どこまで防げるか……」

「王に毒を！」

忠義心の厚いランスロットは顔色を変えた。樹里は怒りに燃えるランスロットの背中を撫でて懸命に宥《なだ》めた。ランスロットが王都から離れざるを得なかったのは樹里のせいだ。苦しそうなランスロットを見るのは樹里もつらい。

「いい報告もある。民は神の子の冷酷さに気づいて不信感を抱いています。この地から帰還した騎士たちがあちこちで戦場で起きたことを語ったので、王都にいる神の子こそ偽物ではないかと疑う図式になっているようです。狙い通りで結構。そのためにランスロット卿の領民たちを王都へ行かせ、酒場や井戸端で噂を広げさせたのです。もっとも私が思った以上に広まっているが。ウイリアム卿は温厚な人柄で人気のある貴族の有力者だった。これでますます噂に勢いがつくな」

マーリンはにやりとして樹里を見た。

「まさか革命とか起こすつもりじゃないだろうな?」

樹里は気になってマーリンを窺《うかが》った。

「馬鹿な。私はアーサー王子を次期王にするつもりだ。革命などもってのほか。私が動かしたいのは神殿の狸《たぬき》たちだ」

マーリンは軽蔑した眼差しで樹里を鼻で笑う。マーリンは樹里に対していちいち冷たい。一時休戦していても、教師だった頃とちっとも変わらない。

「神殿の狸……、大神官でしょうか。大神官には反逆の嫌疑がかけられておりましたが」

ランスロットは少し落ち着いたのか、冷静な顔つきに戻っている。

「そうです、神の子はあくまで大神官の下の身分。大神官さえ動けば、神の子を王都から追い出すことができる。とはいえジュリが大神官を操るようなことになれば、それもできませんが。曲がりなりにも元神の子、変な術にかからないと思いたいものですね。むろん、最終的には神の子を殺さねば不安は払拭《ふっしょく》できないが、脅威が常にアーサー王子の傍にいることこそ問題なのです」

　マーリンは宙を見据えて呟いた。マーリンにはいろいろ問題はあるが、アーサーを思う気持ちだけは唯一信じられる。何しろそのために時を旅してまで、樹里を殺そうとしたのだ。

「あのさ……アーサーはどうしてる？」

　樹里は気になってマーリンに尋ねた。

「アーサー王子は問題ない」

　マーリンはにべもなく答える。もっとくわしく教えてほしいのだが、マーリンはそれ以上言う必要はないという態度だ。携帯電話があれば直接話せるのになぁと、樹里は残念に思った。

「我々に今できることは何でしょう？」

　ランスロットは気を引き締めて聞いた。

「いずれ来る闘いのために、兵を集めること、それに戦士の育成が不可欠です。それから騎士と貴族の有力者で信頼できる者を三名ほど用意していただきたい。この地にひそかに呼び寄せて、神の子を追い出す計画に加わってもらいたい」

　マーリンの頼みにランスロットは快く了承した。

「でしたら貴族のバトラー卿、騎士のガラハッドとマーハウスが相応《ふさわ》しいでしょう。特に信用のおける者です」

　ランスロットは考えて名前を口にした。その名前は樹里も馬上槍大会《ばじょうやりたいかい》で知っている。

「ガラハッドは信用はできるが、頭脳はおそまつです。奸計《かんけい》に乗らない知性のある者がいい。マーハウスとバトラーは適任です」

マーリンは眉根を寄せてガラハッドを却下する。

「……ではユーウエィン卿はどうでしょう。忠義心も厚く賢い者です」

ランスロットは悩んだ末にユーウエィンを挙げた。

「それでいいでしょう。ランスロット卿には三人に宛てた書状を記していただきたい。ひそかにラフラン湖にいらしてほしいとね」

「分かりました」

マーリンとランスロットは真面目に話し合っている。一人蚊帳《かや》の外の樹里は、「俺にも何かできることない？」と割り込んだ。少しでも役に立ちたいのだ。

「お前には魔術を学んでもらいたい」

マーリンに思いがけないことを言われ、樹里は拍子抜けした。

「は？　魔術って俺が？　冗談でしょ。俺が使えるわけ……」

冗談だと笑い飛ばそうとしたが、じろりとマーリンに睨《にら》まれてしまった。

「冗談ではない。お前は魔術を使える素地があるのだ。理由についてはそのうち説明してやる。ともかく役に立ちたいなら、黙って私に従え」

傲慢な態度で言われ、樹里はそういう偉そうなところはアーサーとそっくりだと思いながら口をへの字にした。魔術なんて使えるわけないし、時間の無駄だと思うが、仕方ない。

「俺ができなくて、あとで吠《ほ》え面《づら》かくなよ！」

樹里がからかうように叫ぶと、いらっとしたマーリンに思いきり耳を引っ張られた。けっこう痛くて、慌てて飛《と》び退《の》く。まったくマーリンは心が狭いと心の中で文句を言った。

マーリンに連れていかれた場所は、塔の上だった。螺旋階段《らせんかいだん》を上がった先に、太い木材で組み立てられた武器が並んでいた。おそらく敵が攻めてきた時に、てこの原理で石を遠くまで投げるのだろう。

「お前の力がどれほどか分からないから、ここでやる」

マーリンは杖を取り出して言った。樹里はマーリンに言われて運んできた木箱を床に下ろす。開けてみると土といくつかの植物が入っていた。苗木や蕾《つぼみ》の花、芽が出たばかりのものとさまざまだ。

「これで何すんの？」

マーリンに命令されて木箱の植物の一つを床に置いた。花の名前さえろくに知らない樹里なので、種類などさっぱり分からない。

「この杖には持ち主の力を増幅させる作用がある。これを持って、蕾を咲かせるのだ。呪文は私に続いて唱えればいい」

マーリンから渡された杖を、樹里は半信半疑で花に向けた。マーリンが短い歌を歌い始める。

この世界に来て、誰の話す言葉も全部分かるのに、どういうわけか歌詞が聞き取れない。見知らぬ異国の歌としか聞こえない。

「え？　ぜんぜん分かんね。何？　もっかい」

樹里は懸命に聞き取ろうとした。だが何度聞いても意味を成さない言葉にしか聞こえない。それでもどうにかたどたどしく真似してみた。

……蕾は、開かない。

そうだろうなと思ったので樹里は驚かなかったが、マーリンは違ったようだ。

「何故だ⁉」

マーリンが信じられないというように身を引いて、樹里を睨みつけた。

「真面目にやる気はあるのか？　お前の悪ふざけにつき合う暇などないのだ。もう一度ちゃんと歌え」

すごまれ、樹里は慌ててもう一回歌った。先ほどよりは歌詞が聞きとれた気がする。しかし蕾はぴくりともしない。

「咲かない⁉　そんな馬鹿な！　お前は魔術を使えない方法でも会得しているのか？　いや、そんなはずはない。こんなできて当然の術、できないなんてありえない」

樹里ができなかったのがよほどショックだったらしく、マーリンは顔を強張らせている。

「はぁ？　できるわけないじゃん。何でできるの前提になってんの？　俺はふつうの高校生なんだぜ。マジックならともかく、タネもないのに花が咲くわけないだろ。この世界の奴って、皆できるの前提なのかよ」

樹里は唇を尖《とが》らせて文句を言った。

「他のもやってみろ」

マーリンは芽だけ出ている植物を床に置く。マーリンに続いて歌ってみたが、植物は風にそよぐだけだ。他の植物も全部試したが、どれも変化はなかった。できるわけないと思っていたものの、これだけ「こんな程度のことも、できないのか！」と詰《なじ》られると、少し落ち込んでくる。以前ガルダが花を咲かせた時馬鹿にして悪かったなと反省した。

「もういい、できないのは分かった」

マーリンは諦めた様子で植物を木箱にしまい始める。

「本当にお前には何もできないのか？　この世界に来て、魔術を使えたことはないのか？　チャーリーを生き返らせただろう？」

理解できないとばかりに見据えられ、マーリンが勘違いをしていた理由がやっと分かった。お披露目の儀式でチャーリーの怪我《けが》を治したのが樹里だと思っているのだ。

「あれはジュリがやったことだよ。皆には見えなかったみたいだけど、白い煙みたいなジュリがすーっときてさ、そんで、チャーリーの怪我を治してくれたんだ」

樹里が説明してもマーリンは納得いかないようだ。

「あ、でもそういや……」

ふと思い出したことがあって、樹里は目を泳がせた。話せと言わんばかりにマーリンが威圧感を漂わせる。

「アーサーの怪我を治したことがあるんだよね。あれ、何で治ったんだろ。未《いま》だに説明不可能なんだけど……。マーリンが術をかけておいたとか？」

樹里は疑問に思って質問をした。神殿の地下通路を探検した際、樹里のせいでアーサーは大怪我を負った。もう駄目だと思ったのに、何故かアーサーの怪我が治ったのだ。あの時はジュリの姿も見なかったし、治った理由は不明だ。ひょっとしたらマーリンが蘇生の術でもかけていたのかもしれないと思ったのだが……。

そういえばあそこにはアーサーの剣がある。王都に戻れたら、アーサーとぜひとも地下通路に行きたい。

「私は何もしていない。アーサー王子が怪我を？」

マーリンは険しい表情になって樹里を咎《とが》める。くわしく話すとアーサー大好きなマーリンから怒られそうな気がしたので割愛した。しかし、あれがマーリンの術ではなかったとしたら、ますます分からない。

「なるほど……治癒能力か。よし、場所を変えよう」

マーリンは何か思いついたように目を輝かせた。

塔から下りると、今度は城を出て森に向かった。城からラフラン湖へ向かうと、その隣にこんもりとした緑が見える。近くまで来ると、鬱蒼《うっそう》と生い茂った木々の幹がぐねぐねと変な方向に曲がっている。樹木の太い根は露出して、近くの木々と絡まり合っているし、枝葉は隣の木の枝葉と重なっている。以前テレビで見た樹海にそっくりだ。

「不気味だなぁ、ここ樹海みたい」

クロに乗ってここまで来た樹里は、不安になって周囲を見回した。クロがいるので迷子になっても帰れると思うが、それでも目印のない道は不安になる。

「樹海か。お前の世界に行った時に、資料で見たことがある。磁場がおかしい土地らしいな。確かにここは樹海と似ている。昔、この地を治めていた領主が妖精王の怒りに触れた時、樹木が変形したと聞いている」

マーリンは率先して濃い緑の中に踏み入る。初めて聞く話だが、この地を治める領主ならランスロットの先祖だろうか。妖精王は怒らせると怖いんだなと肝に銘じた。マーリンは葦毛《あしげ》の馬に乗ってきたのだが、馬は緊張してしきりに耳を動かしている。

「妖精王！　まさか妖精王に会いに⁉」

樹里はびっくりして大声を上げた。

「そういうわけではない。一番近い森がここだっただけだ。ちょうどいい、あそこだ」

マーリンは馬からひらりと降りて、手綱を樹里に押しつけると、少し先の枯葉の降り積もった場所に屈《かが》み込《こ》んだ。樹里は馬を近くの木に縛りつけ、マーリンを眺めていた。マーリンは手負いのモルモットみたいな獣を手にして戻ってくる。

「森なら死にかけた生き物がいると思ったのだ。乗ってきたこの馬を斬りつけてもよかったのだが」

「駄目だろ！」

慌てて樹里はマーリンを怒鳴った。マーリンには何の罪もない少年を斬った前科がある。冗談でも聞き捨てならなかった。

「そう言うと思ってな。それに世話になっているランスロット卿の馬を殺すわけにはいかない。だから森に来たのだ。よし、虫の息のこいつを蘇生させろ。怪我を治すんだ」

マーリンは樹里の前に、死にかけたモルモットみたいな獣を置いた。死んでいるのかと思ったが、かすかに耳が動く。モルモットに似ているが、耳が花びらみたいになっていて、樹里の世界にはいない生き物だと思う。

「わ、分かった……」

樹里はモルモットみたいな獣に杖を向けた。マーリンの歌を真似て歌ってみる。音程が複雑でとてもじゃないが覚えきれない。発音も難解だし、途中でくじけてしまった。当然モルモットみたいな獣が生き返るはずもなく、かろうじて動いていた耳もやがて動かなくなった。

「……駄目じゃん」

アーサーの怪我を治したのはやはり自分の力ではないのだろう。きっとあの神殿に何か秘密があって、アーサーの怪我を治してくれたのではないだろうか。

「アーサー王子を治した時は、どうやったのだ？」

マーリンは腕を組み、目を細めている。あの時のことを思い出していると、獣のように交わったことまで思い出してしまった。樹里は赤くなって頭を掻いた。

「えっと、歌とか呪文とか俺、知らねーし。そのぅ、アーサーが死ぬかもって思って、わーっと……」

泣いたとは恥ずかしくて言いだせず、樹里はもごもごした。

「同じようにやってみろ」

マーリンに顎《あご》をしゃくられ、樹里はほとんど屍《しかばね》状態《じょうたい》の獣を手に抱いた。さすがに泣くことはできなかったが、生き返ってくれと必死に念じてみる。……駄目だ。

「わーっと、とはどういう意味だ？　しっかり説明しろ」

ちっとも生き返らない獣を見て、マーリンが苛々したように言う。

「だからさぁ……つまり、そのー……、ぽろぽろっと……」

羞恥心《しゅうちしん》を覚えながら、ぼそぼそと答える。ようやくマーリンが理解して「涙か」と頷く。

「では涙を流してみろ。流せないなら私が手伝ってやる」

マーリンはそう言うと、きょろきょろと周囲を見渡した。そして枯葉を掻き分け、群生する茸《きのこ》を数本採《と》ってきた。茸は毒々しい蛍光オレンジで、明らかに食べてはいけないものだ。マーリンは布で鼻から下を覆った。そして右手に持った茸に向かって歌い始める。すると茸から煙みたいなものが上がる。

「ぐえっ」

樹里は鼻を押さえて、カエルが潰れたような声を上げた。マーリンの持っている茸からツーンと異臭がしたのだ。たとえて言うなら、玉ねぎを切っている時のようなものだ。だが玉ねぎなん

て可愛いものではなくて、嗅いだ瞬間、咳と鼻水、涙が出始める。

「やめろ！　げほっ、苦し、ガハッ」

樹里は苦しくて身を折って涙を落とした。クロは本能からか、ものすごく遠い場所に逃げている。

その時、信じられないことが起きた。樹里の涙が獣の身体に落ちたとたん、獣がぶるりと震えたのだ。

「うわっ」

樹里の手の中にいたそれが、いきなりぴょーんと元気よく手から飛び出す。そして脱兎《だっと》のごとく草むらへ逃げ込んだ。

「なるほど。お前の涙に治癒能力があるようだな」

マーリンは深く頷いて茸を握りしめる。煙は消え、異臭も風に乗って消えていった。樹里はまだ苦しくて咳をしながら、びしょ濡れの顔を拭《ぬぐ》った。

「何だよ、あの茸！　俺、すげぇ煙吸ったけど、死なねぇだろうな⁉」

不意打ちを食らわせたマーリンに怒りが湧き、樹里は目を吊り上げた。マーリンは顔の布をとり、何事もなかったように顎に手を当てる。

「お前が魔術を使えないのは分かった。歌を上手く歌えないのが原因かもしれない。そちらの期待はやめておこう。治癒能力が使えると分かったしな。まぁ、あまりお前が力をつけすぎても厄介事を生むだけなのでこれでよかったのかもしれない。では、城に戻るぞ」

マーリンは踵を返して、繋いだ馬を引き寄せる。樹里はまだ鼻水が止まらなかった。

「くっそ、覚えてろよ……」

毒づきながら樹里はクロの背中に乗り、鼻水をすすった。

城に戻る途中、「熱が出たらすまん」と悪びれることもなくマーリンに言われ、樹里は目だけで射殺せないだろうかと本気で考えた。


自分には治癒能力があるらしいのは分かったが、どうしてそんな能力があるのか理由は分からずじまいだった。異世界から来たことと関係があるのだろうか。自分の世界にいた時に傷を治せた記憶はない。そもそも物心ついてから泣いた記憶がないので、確かめたことはないが。

樹里の涙で死にかけた獣が生き返ったのは事実だ。原因は分からないが、自分がこの世界でやっと役に立てそうな気がして嬉しかった。

それから四日後、王都から客がやってきた。

騎士のマーハウス、ユーウエィン、貴族のバトラーの三人だ。マーハウスは二十歳そこそこくらいの若者で、水球選手みたいな逆三角形の体型をしている。短く刈り上げた金髪に、やんちゃな子どもみたいな目でランスロットを抱擁《ほうよう》してきた。

「ランスロット卿、あなたのお呼びに俺がどれほど興奮したか」

マーハウスはきらきらした瞳で熱っぽく訴える。

「まことに。我らはランスロット卿の正義を信じる者。地の果てまでお供しようぞ」

ユーウエィンが続けて言う。ユーウエィンはライオンのような髪型をした剛健そうな男だ。歳《とし》はランスロットより二つ上で、厚い胸板と鍛え抜かれた四肢を持っている。何でも昔、獅子《しし》を助けたことがあって、それ以来「獅子の騎士」と呼ばれているそうだ。髪型がライオンっぽいからそう呼ばれているのかと思っていたが、実は「獅子の騎士」と呼ばれるようになって髪型もそれっぽくしたのだそうだ。

「言われた通り、従者にも妻にも知らせずひそかにやって参りました。ランスロット卿、何故我らを呼んだのか説明していただきたい」

バトラーは五十代くらいの目つきが鋭く、鼻の長い男だ。黒いローブを身にまとい、華美な飾りはいっさいつけていない。貴族だから金持ちっぽいイメージの人を想像していたが、真逆だった。

「バトラー卿、遠路はるばるよくお越し下さいました。マーハウス、ユーウェイン、よくぞかけつけてくれた。今、部下に尾行の輩《やから》がいないかどうか確認させております。私は今はまだ反逆者の身。けれどユーサー王や王家に対する忠誠心は露ほども変わりません」

ランスロットは城内に迎え入れた三人に、凛とした態度で告げた。そして樹里を三人に紹介する。

「樹里様です。私はこの方こそ、真の神の子と思っております」

樹里は緊張しながら三人と挨拶を交わした。樹里の後ろではクロがお座りして待っている。三人とそれぞれ握手を交わすと、クロがのそのそと歩いてきて、樹里の隣に身を寄せた。

「神獣はあなたのもとにいるのですね。私が狩猟祭で見た時は、赤い目をした獰猛《どうもう》な獣のようだったが……」

バトラーは油断ならない目つきでクロを眺める。

「クロはあいつに操られていたんだ。でも今はいつものクロだから」

樹里はクロの首に手を回し、クロが獰猛な獣ではないことを訴えた。クロは樹里の顔を長い舌で舐《な》めて、攻撃性はないと示すように身体を伏せた。

「そのようですね。確かにあなたを守る神獣のようだ」

バトラーが微笑んで緊張を解いた。マーハウスとユーウエィンもにやりとする。

「さぁ、中へ。あなた方を待っている者もおりますし、食事の用意もできております。くわしい話は中でしましょう」

ランスロットは三人を城の地下室に招いた。地下室には円卓があり、この地方で採れる野菜や肉、果実を使った食事が用意されていた。円卓の中央には色とりどりの花も飾られている。そして地下室には、マーリンも待っていた。

「バトラー卿、ユーウエィン卿、マーハウス卿、お会いできて嬉しく存じます」

マーリンがゆっくり歩み寄って握手を求めると、三人が目を見開いた。

「マーリン殿。あなたがここにいるということは、アーサー王子の心もこちらにあると思って間違いありませんな？」

バトラーの問いに、マーリンは深く頷いた。

「おっしゃる通り、アーサー王子はこの樹里様こそ真の神の子と信じております。現在王都にいる神の子は危険な存在。そのために私をここへ遣わしました」

マーリンは滑らかに動く舌で、もっともらしいことを言う。

「おお……。王宮では口にすることは叶いませんが、アーサー王子は真実を見極める方だと信じておりました。アーサー王子は王都にいる神の子を毛嫌いしているようでしたので……」

ユーウエィンはことさら声を潜めて言う。

「しかしマーリン殿、俺は王都を出る直前、王宮であなたを見たのだが」

マーハウスは疑惑の眼差しでマーリンを見ている。どういうことだろうと樹里も気になった。

「現在、王宮にいるのは私の分身。一本の枝に魔術をかけて、私の姿に見せているだけです。分身に何かあればすぐ伝わりますので、今のところ王都の神の子にはばれていないようですね」

マーリンが信じられないことを話す。びっくりしたのは樹里だけではなく、マーハウスも同じだった。

「えっ、あれが枝？　嘘でしょう？　ちゃんと歩いてしゃべってましたよ？」

マーハウスはあんぐり口を開けている。

「枝です。枝ゆえに、長くは保《も》たない。いずれ消えてなくなります。アーサー王子の身を守るため、そして連絡係として、王宮に置いているのです。ですので、王宮で起きたことは大体把握しております」

マーリンの魔術に、その場にいた皆が舌を巻いた。

バトラーとユーウエィン、マーハウスが並んで席につくと、ランスロット、樹里、マーリンもその向かいに腰を下ろした。マーリンがそれぞれのグラスに赤ワインを注ぐ。食事の用意が整うと、ランスロットがグラスを掲げた。

「王のために、王家の繁栄のために」

乾杯の合図でそれぞれグラスを傾ける。樹里もワインを嗜《たしな》んだ。母がワインバーを経営しているので、樹里もこっそり味見をすることがあったので飲めなくはない。

「さて、一体どうなっているのか納得のいく説明をしていただきたい。何故神の子が二人も現れたのか、あの王都にいる神の子は何者なのか。ご存じでしょうが、ウイリアム卿が王都にいる神の子に殺され、民の間にも不穏な空気が広がっております。しかもウイリアム卿が亡くなった翌日、彼の所有する馬百頭も死んだのはご存じかな？」

バトラーが切り出して、樹里たちは言葉を失った。馬百頭が死んだ？

「その話は初耳です。百頭もの馬が何故、亡くなったのですか」

ランスロットは険しい顔つきで身を乗り出した。

「それが奇妙なことに、すべての馬の身体の一部が欠損しているのです。まるで怪物が現れて馬たちを食べたみたいにね。厩舎は血だらけ、ウイリアム卿の財産は一夜にして消えた。私も現場を見に行ったが、悲惨すぎて言葉もなかった。確かめたところ、剣や槍といった類の傷ではありません。獣に食いちぎられたといった体《てい》でした」

樹里はバトラーの話にゾッとして身を震わせた。百頭もの馬がそんな殺され方を……。それもジュリと関係があるのだろうか。

「マーリン殿、これは一体……」

ランスロットはマーリンに説明を求めた。マーリンは目を伏せてこめかみに手を当てる。

「王都にいる神の子の仕業だと思われます。おそらく……、王都の兵力を削《そ》ぐためでしょう。どうやったかまでは分かりませんが……」

マーリンの顔も青ざめていた。ジュリは百頭もの馬を殺して何とも思わないのだろうか。

「俺たちは待機組だったけど、帰ってきた第三部隊のジータから戦場での話を聞きました。王都の神の子は恐ろしい魔術で人々を殺したと。騎士たちはすっかり神の子に怯えています。ランスロット卿の言い分が正しいのじゃないかという意見も多いのですが、表立って言うにはユーサー王が……」

マーハウスは悔しげに語る。

「そう、ユーサー王が問題なのです。ユーサー王はどうなされたのでしょう。あの聡明な王が、狩猟祭からずっとおかしい。神の子を愛人のようにはべらせていると聞きます。神の子はモルドレッド王子と懇意にしていると聞いていたので、正直困惑しております」

ユーウエィンはグラスを空にして、嫌悪を露《あらわ》にした。

「我々は王に忠誠を誓った身、ユーサー王の命令とあればどんな命令でも厭《いと》いません。けれど今のユーサー王は……。どんな命令を下すのか、恐々としております」

ユーウエィンの言うことはもっともで、樹里はアーサーが心配になった。目が赤くなった時のクロのように、ジュリはユーサー王を操っているのだろうか。

「王都にいる神の子は恐るべき存在です。キャメロット王国を滅ぼすつもりかもしれない。どうやって神の子そっくりの姿を手に入れたか分かりませんが、ここにいる樹里様を殺して神の子に成り代わろうとした。幸運にも本物の神の子は処刑される前にランスロット卿に助けられました。けれど再びその命を狙い、闘いに参加したのです。もっとも、妖精王が現れると逃げ出しましたがね」

マーリンはあらかじめ打ち合わせていた内容をすらすらと語った。本当は王都にいるジュリこそ真の神の子なので、樹里は胸が痛んだ。異世界から来たと言っても信じてもらえるとは思えないので、分かりやすいストーリーを考えたのだ。つまりジュリは樹里の姿を真似て、その地位を乗っ取り、国を滅ぼそうとしているという受け入れやすい話に。

「王都の神の子は妖《あや》しげな術を使い、他人や獣を操れるようです。あの瞳を見てはならないのです。視線が合うと、意識が乗っ取られるようです。王都にいる神の子と話すことがあっても、くれぐれも目は見ませんように」

マーハウスがごくりと唾を飲みこむ。

「目……ですか」

マーハウスは真剣な面持ちだ。そういえば樹里もジュリと目が合った瞬間、言葉が出てこなくなった。

「そうです。この話を噂話として王宮や都に流布してもらいたい。神の子と目を合わさないように、と」

マーリンの言葉に三人が一様に頷く。

「私は目が合っても、大丈夫でしたが……」

ランスロットが首をかしげて呟いた。ランスロットは闘いの最中、ジュリと目が合うことがあったようだ。

「ランスロット卿には妖精の剣の加護があるので、大丈夫なのです。ですが、一般人はそうはいかない」

マーリンに言われ、ランスロットが納得したように頷く。

「妖精王があなた方の味方というのは本当なのですね」

ユーウエィンが確認する。

「妖精王は我らの味方です。時が来たらまた現れるとおっしゃいました。王都にいる神の子とモルガンがこの地に入れないよう、結界を張って下さったのです。だから万が一危険が及んだ時は、この地に逃げ延びれば大丈夫です」

ランスロットが微笑みを浮かべて言った。ユーウエィンとマーハウスは心強くなったようだ。

酒にしか伸びなかった皆の手がようやくパンやスープに伸びる。

「モルガン……、王都にいる神の子は魔女モルガンの手先なのでしょうか」

バトラーが千切ったパンにバターを塗りながら呟いた。魔女モルガン――その名前を聞くと、この国の者は皆、神経を尖らせる。樹里のいた世界と違い、この世界の魔女は絵本の中の存在ではなく現実に存在する敵として恐れられている。

「残念ながらその可能性は極めて高いでしょう。だから妖精王はジュリだけでなく、モルガンもこの地に入れないようにしたのです」

マーリンはもっともらしく頷いた。

「あなたとアーサー王子が親しくしているのを見て、我らは今度こそ呪いを打ち破れるのではないかと思ったものですが」

マーハウスがいたずらっぽい笑みを浮かべて樹里を見た。自然と顔が熱くなり、樹里はうつむいた。話したこともない騎士にまでアーサーと仲良く見えていたのかと思うと恥ずかしい。

「まだ望みが絶たれたわけではない。偽りの神の子を倒して、この方が王都に戻れば万事元通りだ。そのためにすべきことを話し合いましょう」

ユーウエィンも力強い声で言う。ちらりと見るとランスロットが寂しげに視線を逸らす。樹里は上手い言葉を思いつかず、スープに口をつけた。

食事をしながら、話題は王宮や騎士団の話から、神殿に移った。

「大神官は抜け目ない性格ですな。こうなることを悟っておられたのか、ユーサー王から王都にいる神の子が本物かどうか聞かれた時、『神官長ガルダが本物と言うなら本物なのでしょう』と言ったそうです。神の子の責任はあくまで神官長にあると言いたいのでしょう。いずれ間違っていたと分かっても、『神官長を信じただけ』と主張するでしょう。それとも大神官も操られているのでしょうか？」

バトラーは忌々しげに大神官を非難する。マーリンは大神官は操られているとは思えないと意見を述べた。大神官は樹里が神の子の身代わりをしていた事情を知っているので、もともと問題が起きてものらくらとかわすつもりだったのだろう。ガルダやサンはどうしているのだろうか。

「神官長ガルダは王都にいる神の子の仲間です」

マーリンはそっけなく断言した。皆が驚いて目を向ける中、樹里も別の意味で驚愕《きょうがく》していた。ガルダはマーリンの弟なのだ。その弟を敵と呼んだも同然だ。

「アーサー王子は、ガルダに『あなたは滅ぶのです』と言われたのです。王都にいる神の子がキャメロット王国を滅ぼすつもりでは、と私が考えたのはそのせいもあるのです」

マーリンは不快そうに吐き出した。

「おお……、何という……」

ランスロットとユーウエィン、マーハウスは殺気立った。だが樹里はガルダがそんなことを言ったなんて、信じられなかった。樹里の知っているガルダは魔術の腕はへっぽこだが、情のある男だった。ガルダはどうしたのだろう？　自分に見せていた顔は作り物だったのだろうか？

「とはいえ、ガルダはしょせん小者。魔術の腕もたいしたことはないし、気にする必要はないでしょう。問題は神の子です。そして、その後ろにいる魔女モルガン……」

マーリンの声が憂いを帯びた。場の空気が重くなり、マーリンはそれを払拭《ふっしょく》するかの如くグラスのワインを飲み干した。

「王都の神の子を排除するためにもあなた方の力が必要なのです」

マーリンに熱く見つめられ、心得たというようにバトラーやユーウエィン、マーハウスが頷く。特に騎士二人は「王家のためになることなら、いくらでも命令して下さい」と言いだした。

マーリンは上手く話を作った。

ジュリがモルガンの手先だという事実は、モルガンの息子であるマーリンしか知らない話だ。アーサーだって知らない。他に知っているのは樹里と、樹里が話したランスロットだけだ。けれどその事実を早く周知させなければ、人々は危機が迫っていることを知らないままだろう。

マーリンは何故自分がその事実を知っているかという点を上手くぼかして、ジュリがモルガンの手先だと三人の心に強く植えつけたのだ。マーリンの話しぶりは整然としていて、ジュリがモルガンの手先だというのはもっともらしく聞こえた。

だが、こんなふうに話を進めて、もしモルガンがマーリンのことを自分の息子だと明かす日がきたら、どうなるのだろう？　魔女の子どもと知られたら、危険ではないだろうか。

（マーリンは自分がどうなろうとアーサーだけを守るつもりなのかもしれない。それほど真剣なんだ。何度も命を狙われて正直好きじゃないけど、アーサーに対する思いだけは信じることができる）

樹里は食事の手を止めて、マーリンの話を聞いた。話し合いは長く続いた。樹里も一生懸命耳を傾けていたが、聞くので精一杯で意見は述べられなかった。彼らは皆この国で生まれ育った。

樹里とは価値観がぜんぜん違う。樹里のいた世界ではユーサー王のような王様などいないし、一人に権力が集中することもない。ユーサー王は、彼らにとって神に等しい存在だ。特に騎士は王のために人生を捧げる。

樹里にはどうしてもその気持ちが理解できない。ユーサー王がおかしくなったのなら別の人を王にすればいいのにと思うが、彼らにとっての王はそんな簡単に取り換えられる存在ではないのだ。

「まずは民の心を誘導すること。神殿への寄付をなくし、神の子が危険な存在と分からせる。抗議の声が大きくなれば、大神官も考え直すでしょう。まだるっこしいかもしれないが、これが一番傷を浅く収めるやり方だと思います。王家に対する反感が強くなるのが一番困る。民あっての王です。以前のような平和なキャメロット王国に戻すため、力を尽くしましょう。大神官がジュリに操られる前に、国を安定させるのです」

マーリンが締めくくるように告げた。

「そうですね。真の神の子を王都に戻すために。アーサー王子のためにも」

マーハウスが樹里を見つめて、胸に手を当てた。樹里はアーサーの不敵な笑みを思い出し、マーハウスに微笑んだ。

ランスロット、ユーウエィン、マーハウス、バトラーが今夜の会合を秘密にすることを誓った。

アーサーがすぐ近くにいないことを寂しく思い、樹里は王都の方角に顔を向けた。

4 討伐

Subjugation

ユーウエィン、マーハウス、バトラーが帰っていった後、樹里《じゅり》はランスロットの領民と共に農作業の手伝いや馬術訓練をこなした。徐々に馬にも慣れ、自在に駆けることができるようになった。今はクロがいるから移動手段に不自由しないが、万が一ということもあるので、乗れるにこしたことはない。

　王都に戻ったユーウエィンやマーハウス、バトラーたちは着実に民の心を扇動していった。王都では神の子が本物か偽物かという話で持ちきりで、ラフランの地まで樹里を見に来る民もいた。樹里は求められれば誰にでも会い、親しげに言葉をかけた。マーリンにそうしろと言われたせいもあるが、もともと人と話すのは好きだったので気さくに応じた。王都にいるジュリは人に興味がないらしく、王族以外とはほとんど会話をしないそうだ。ささやかな抵抗だが、これが意外と効果があった。噂は人づてにどんどん広まっていく。

「地方にいる有力者たちも味方につけましょう」

　マーリンは次の手を考えていた。キャメロット王国は広く、地方にはいくつもの城や砦《とりで》がある。そこには有力者がいて、地方自治を任されているのだ。王国の危機には兵を出す約束が交わされていて、王都とも定期的に連絡をとり合っている。ランスロットの治めるラフラン領も地方自治領の一つだ。

「ここにも有力者がいるの？」

地図を見ていた樹里はエウリケ山の辺りを指して聞いた。最近やっと簡単な文字くらいは読めるようになってきた。

「いえ、エウリケ山は魔女モルガンの棲家《すみか》だと聞いております。あの辺りはほとんど緑もなく、獣も少ない。人は到底暮らしていけない地なのです」

ランスロットが教えてくれた。エウリケ山は地図上でもかなり遠く、簡単に行けるような場所ではない。

「ランスロット卿、使者にふさわしい方を選んでいただきたい。もし交渉するのに難しい人がいるようでしたら、私が赴きましょう」

マーリンに言われ、ランスロットは地方に向かわせる使者の検討を始めた。

その矢先、王都から信じられない報告が上がってきた。

「アーサー王子に、ケルト族討伐の命令⁉」

地下室に呼び出された樹里は、素っ頓狂な声を上げた。マーリンは渋い顔で腕を組んでいる。ランスロットは顰《しか》め面《つら》でこの命令がいかにおかしいかを教えてくれた。

「ユーサー王は西のケルト族を討伐せよとおおせのようです。けれどあの部族とはこれまでの歴史上、一番いい関係を保っているのです。しかも第一部隊と第四部隊を連れて、と。ケルト族は戦闘に長《た》けた部族です。いくら精鋭ぞろいの第一部隊が向かうといっても、数では不利になるはず。この兵力で足りるのか……」

ランスロットが苛立ちを隠さず呟く。第一部隊はランスロットが率いた隊だ。ユーウェインとマーハウスも所属している。

「神の子の策略でしょうね……。アーサー王子を王都から追い出して何をするつもりか」

マーリンは組んでいた腕を解き、宙を見据えた。

「しかしこれはある意味、好機かもしれない。アーサー王子と合流するための」

マーリンが思いがけない発言をして、樹里とランスロットをハッとさせた。

「どう考えてもケルト族の討伐は危険すぎる。討伐に向かう途中の地で、アーサー王子と合流するのです。ケルト族は一度闘いを挑めば、どちらかが死ぬまで闘い続ける部族です。アーサー王子を止めるためにも、合流すべきです。表向きは道中、ランスロット卿の率いる兵とぶつかり、小競り合いになっていると見せかけるのです」

樹里にもケルト族が危険だということは分かった。樹里も闘いはやめてほしいし、マーリンの意見に賛成だった。

「合流するならば、この辺りはいかがでしょう。我らの地から近く、アーサー王子の隊に先回りできるかもしれない」

ランスロットが従者に地図を持たせ、ラフラン湖から北に向かって流れている川を示す。地図には川の名前が書いてあったが、樹里には読めなかった。ケルト族の領土には、大きな山がある。

それがエウリケ山だった。

「ケルト族の討伐というのは間違いなく罠でしょう。ケルト族の後ろにはエウリケ山があり、魔女モルガンの棲家となっている。ジュリはモルガンにアーサー王子を捧げるつもりかも……」

マーリンはぶつぶつと呟いている。何かに囚われているようだった。けれどその呟きに、ランスロットがびくりと反応する。

「魔女モルガンは、エウリケ山に棲《す》んでいるのですか？」

ランスロットに驚いたように言われ、マーリンはハッとして口を閉ざした。どうやら独り言を呟いていたのを自覚していなかったらしい。樹里はマーリンから聞いてエウリケ山に魔女がいると知っていたが、ランスロットは知らなかったようだ。ひょっとしてこの国の人は誰も知らないのだろうか。マーリンは口を閉ざそうか躊躇《ちゅうちょ》したが、すぐに口を開いた。

「……まだ未確定ですが、その可能性が高いかと」

ランスロットが目を見開く。ランスロットはマーリンを凝視して、しばらく黙りこんだ。嫌な沈黙が落ちて、樹里は二人の顔を交互に眺める。ランスロットがマーリンに対して疑惑を抱いたことが分かった。

「何故その情報を王に伝えないのですか？　大変な情報です。それを知れば、ユーサー王はエウリケ山に騎士団を向かわせたでしょう。魔女モルガンを倒すのは、我が国の悲願。ジュリにうつつを抜かしているユーサー王も、さすがにケルト族に関わっている場合ではないと思うのでは。ひょっとしたら目を覚ますかもしれません」

ランスロットに責めるように言われ、マーリンは軽いため息をこぼした。

「まだ未確定の情報なのです。それに騎士団を向かわせてどうすると？　魔女モルガンは騎士団が束になっても敵う相手ではない。私はアーサー王子に無駄な闘いを強いたくありません」

マーリンは挑むようにランスロットを見据える。緊迫した空気に樹里ははらはらした。魔女の居場所を知っていることがこれほど大変なことだとは思っていなかったので、樹里はうろたえた。

「あなたが魔女の子だというのは樹里様から聞いております」

ランスロットは冷静な口ぶりでマーリンに告げた。マーリンに強く睨《にら》みつけられ、樹里は焦って下を向いた。そういえば王都から逃げる途中、ランスロットには話していたっけ。勝手に話しちゃまずかったたか。

「私はあなたの出自を問う気はないし、他人に話すこともありません。あなたがアーサー王子のために尽くしているのを知っているからです。だが魔女の居場所をご存じなら、一刻も早くすべての人に知らせるべきでは？」

「馬鹿な！　死を招くだけだ‼」

ランスロットの正論に腹を立てたようにマーリンが腰を浮かし、テーブルを叩いた。マーリンがこんなに激昂《げっこう》するのを初めて見た。樹里は緊迫したムードに口も挟めなかった。

「……あなたは魔女モルガンを恐れているのか？」

ランスロットは同情めいた眼差しになり、静かに指摘した。マーリンは青ざめて何か言い返そうとしたが、それを呑み込むように無言で席を立った。マーリンが足音も荒く、部屋を出ていく。

樹里は焦ってランスロットを見た。いつも余裕のあるマーリンが、こんなに動揺するなんて、ランスロットはマーリンの痛いところを衝いたらしい。

「マーリン殿には怖いものなどないと思っておりました」

ランスロットは退席したマーリンが座っていた椅子を見つめ、不思議そうな顔で呟いた。マーリンが恐れるほどの魔女モルガンとはどんな女性なのだろう。樹里にとっては書物の中の存在でしかないが、マーリンのただならぬ様子を見ていると、恐ろしくなってくる。

マーリンは戻ってこなかった。マーリンと魔女モルガンの間にある深い闇に、樹里は不安を膨らませた。


アーサーにはコンラッド川の上流で合流することを伝え、三日後に出立が決まった。

ランスロットは兵を集め、マーリンは連絡役として動き回っている。実際に戦闘を行うわけではないが、山賊が出没する街道を通るので、騎士団と闘った領民を集めて兵団を作った。ユーサー王がどんな命令を下すか分からないから、城にある程度の兵も残さなければならない。運がいいことに農作物の刈り入れが終わった時期だったこともあり、農民が遠征に参加してくれることになった。

事態は悪化しているのかもしれないが、アーサーと会えるかもしれないと思うと心が浮き立った。理由はどうあれ、顔を見て無事を確かめられるのは嬉しい。

ジュリの思いどおりにはさせない。アーサーが魔女モルガンに滅ぼされる未来なんてまっぴらだ。マーリンは時渡りの術を使って未来を視《み》てきた。未来ではユーサー王が死に、アーサーが王となり、王妃を迎えていた。そしてアーサーは神の子に殺されたという。まだユーサー王は死んでいないし、アーサーは王妃を迎えていない。近い未来ではないのが唯一の心の支えだ。

「どうぞ無事に戻ってこられますよう」

出立の日、樹里はランスロットの馬に乗せてもらい、ショーンに見送られて城を出た。総勢五十名ほどの部隊で、騎馬兵が三十五名、歩兵が十五名という内訳だ。先頭はランスロットの黒馬で、最後尾にマーリンが乗る葦毛《あしげ》の馬がいる。クロは隊列から少し離れてついてきている。馬が動揺するのを避けるためだ。

「ランスロット、マーリンとはその後何か話した？」

歩兵の動きに合わせた速度なので、隊列はゆっくり進んでいた。樹里は背後のランスロットに問いかけた。三日前、マーリンは無言で部屋に戻った。以来二人が顔を合わせて話しているのを見たことがない。内部でぎくしゃくするのは非常に困る。

「……マーリン殿は私が苦手のようです。事務的な話はしますので、ご心配なく」

ランスロットは苦笑している。樹里もそれは何となく感じていた。マーリンはいつでも本音を隠すが、ランスロットは自分の思っていることを素直に表に出す。対極にある人物なのだろう。

マーリンは基本的に他人を馬鹿にしているところがあるのだが、ランスロットに対しては馬鹿にしているところを一度も見ていない。苦手だが敬意は払うというところか。

「それにしても王宮の様子が分からなくなったのは痛いよな」

樹里は悔しさに、爪を嚙んだ。王宮に置いていたマーリンの分身は、ジュリによって消されたそうだ。それ以来、ユーウェインやマーハウスからの連絡だけが頼りだ。といっても二人とも隊長というわけではないので、王宮の会議に参加できない。マーリンは新たな密偵を送り込むと言っているが、それまでは何が起こるか分からなくて不安だった。

「三日後にはアーサー王子と合流できるはずです。きっといい方向へ向かうでしょう」

ランスロットは淡々としている。樹里は揺れたはずみでランスロットの胸に倒れ、慌てて背を伸ばした。ちらりと後ろを見ると、ランスロットは気にした様子もなく前を見ている。

ランスロットとは問題なく過ごしている。一時はランスロットに惚れられ、微妙な状態になったが、今のランスロットはあの時のことなどなかったような態度だ。自分のことを好きだったことなんて忘れてくれると嬉しいが、真面目なランスロットではそうもいかないだろう。今は素知らぬふりをするしかなかった。アーサーを好きだと自覚した時から、樹里は迷いのあるそぶりは見せないようにしようと肝に銘じている。

一日かけて隊列は城を遠く離れ、起伏のある土地に入った。馬を休めるために休憩をとり、食事の支度や水の手配をする。今夜はここで野営するという。乾燥した土地で、棘《とげ》のある草木が道を阻んでいた。辺り一面砂だらけで、鳥さえめったに姿を見せない。こうして見ると、ランスロットの領地がどれほど緑にあふれているか分かる。妖精王の加護があるからかもしれないが、大きな湖もあるし、作物や果実がよく実る豊かな土地だった。

樹里は隊の後ろについていたクロの元へ行き、持ってきたパン、果実や水を与えた。クロは樹里に甘えるように頭を擦りつける。クロとじゃれていると、マーリンが少し離れた場所でカラスのような黒い鳥を腕に留まらせているのが見えた。

「マーリン」

樹里はマーリンに近づき、腕の鳥を見つめる。近くに来るとカラスと似ているのは羽の色だけだった。尾は長く、嘴《くちばし》は短い。両目は見る角度によって変わるビー玉のようだった。マーリンは鳥を使ってアーサーと連絡をとっているらしい。鳥の足首に巻きつけられた手紙を受けとり、新たな手紙をくくりつける。

「アーサー王子は問題ないようだ。順調に隊を進ませている」

マーリンはちらりと樹里を見て言うと、腕に留まっていた鳥を再び空に放つ。すると今度は白い鳥が上空から舞い下りてきた。白い鳥も黒い鳥と同じく、マーリンの腕に留まる。

「……王都は問題ありだな。第二部隊の者の大半が原因不明の腹痛を起こし、機能停止に陥《おちい》っている。幸い命に別状はないようだ」

白い鳥の運んできた報告は、マーリンの顔を顰めさせた。原因不明の腹痛とは、どういうことだろう？　もっとくわしく知りたいが、鳥にくくりつけられる文字数には限りがあるらしく、不安だけが増幅された。

「ジュリの仕業かな」

第二部隊の騎士のほとんどが腹痛ということは、食中毒だろうか？　ジュリが食べ物に何か仕込んだ？　樹里は頭を悩ませた。

「ジュリはどうやら王都の守りを弱める気らしい。アーサー王子を一刻も早く王都に戻す手を考えねばならぬな」

マーリンは新しい手紙を白い鳥の足首にくくりつけ、大きく腕を振った。白い鳥は薄闇の空に消えていく。

「ランスロットに伝えなくていいのか？」

樹里は考え込んでいるマーリンを覗き込んで尋ねた。マーリンはうざったそうに樹里に背中を向け、「お前が言え」と呟く。世話になっているのだからもっと打ち解ければいいのにと思いつつ、樹里はランスロットに報告へ向かった。

野営も何度目かになり、少し慣れてきたのか、樹里は布が一枚あれば熟睡できるようになった。クロという最高の抱き枕があるおかげかもしれない。翌朝は日の出と共に朝食を食べ、隊を進めた。

移動し始めて二、三時間経った頃だ。ランスロットの身体が強張って、樹里は後ろを振り返った。

「どうかした？」

樹里の問いに答えず、ランスロットは隊を止めて、樹里を馬から降ろす。ランスロットは遠くを見やり、「ハミル！」と一人の小柄な男を呼びつけた。

隊を止めたので、最後尾からマーリンが馬を走らせてくる。

「何事か」

マーリンが馬の手綱を引いて、馬上から声をかける。

「前方の畑に異常が見えます。様子を見に行かせます」

ランスロットがハミルに指示をする。ハミルはすぐに隊から飛び出していった。マーリンは前方を見て、険しい顔つきになる。樹里も前方に目を向けたが、鬱蒼《うっそう》と茂った森にしか見えない。畑なんてどこにあるのだろう。この辺りは一応道が整備されていて、カーブを描いて馬車が二台すれ違えるくらいの道がある。道があるということは、人が暮らす集落があるということだが、まだ何も見えない。馬に乗っていた時も、こんもりとした緑が見えただけなのでランスロットの懸念が分からなかった。

「大変です、ランスロット様！」

戻ってきたハミルは青ざめた様子で駆けてきた。

「少し先の畑一帯に、大量の虫が発生しております。道いっぱいに飛んでいて、馬が嫌がるので突き抜けるのは困難です。村人の姿は見えませんでした」

ハミルの報告にランスロットやマーリン、ランスロットの兵たちがざわめく。ランスロットには虫が見えたのだろうか？　驚異の視力に、樹里は口をあんぐりした。

「どこまで近づける？」

ランスロットに聞かれ、ハミルが説明する。ランスロットとマーリン、それに数人の兵が馬を移動させた。樹里はそこにいて下さいと言われたが、我慢できなくてクロに乗って近づいた。

カーブを抜けた辺りに来ると、前方に開けた土地があった。柵もあり、小屋らしきものも見える。天気がよかったので、全貌が把握できた。空を埋め尽くすほど、黒い虫が大量発生している。

「ぎょえ！　キモ！」

樹里は震え上がってつい叫んでしまった。ぶんぶんと飛び回る羽のある黒い虫は、ありとあらゆるものに群がって真っ黒にしている。

「どうしますか。この道を通らねば、コンラッド川に辿りつけません」

ランスロットはマーリンに助言を求める。

「少しお待ちいただければ、虫を追い払いましょう」

マーリンは動じた気配もなく、ランスロットの兵を五名ほど呼び寄せた。どうするのかと見ていると、マーリンは男たちに「こういった植物を見つけてきてほしい。できるだけたくさん」と地面に枝で絵を描いてみせた。葉っぱがぎざぎざした植物だ。男たちは頷いて、森の中に馬を走らせた。男たちが戻ってくるまでに、マーリンは別の五人の男に枯葉を集めるよう指示している。

やがて森に行った男たちが、ぎざぎざの葉の植物を大量に運んできた。マーリンは男たちにそれを畑の近くまで運ばせた。男たちはぶんぶんうるさい虫を追い払いながら、ぎりぎり近くまで行き、植物を地面に積んだ。

マーリンは次に枯葉を植物と混ぜろと命じる。男たちが枯葉と植物を混ぜるのを見ながら、マーリンは火を熾《おこ》した。

「少し離れて」

マーリンは枯葉に火をつけた。樹里たちは言われた通り、少し離れた場所から見守る。マーリンはぱちぱちと火のついた枯葉と植物に手をかざした。マーリンはゆっくり手を動かしながら、歌い始める。すると、煙が生き物のように黒い虫たちのほうへ流れていった。

「おお……」

マーリンを見守っていた皆が驚きの声を上げる。煙が虫の間に充満すると、バタバタと面白いほど虫が死んでいったのだ。いわゆる殺虫剤みたいなものを作ったのだろうか。マーリンは風を操って、畑に群がる黒い虫を一掃した。

「これでよろしいかと」

マーリンが涼しい顔で戻ってきて、ランスロットの兵から喝采を受ける。停止していた隊が畑の間の道を通れるようになり、再び移動が始まる。樹里もランスロットの馬に乗り込んだ。

「虫が消えている！」

畑の横を通り過ぎようとした時、家屋や小屋から人がわらわらと出てきた。

「ありがとうございます。昨日から突然現れた虫に、なすすべもなく隠れておりました。あなたさま方は……？」

農民たちが喜びに顔をほころばせ、駆け寄ってくる。

「この方はラフラン領のランスロット卿です。困っている農民を見過ごせず、我々に虫退治を命じました」

ランスロットの横にいたマーリンが、すかさず口を挟む。ランスロットは驚いて止めようとしたが、マーリンは人が変わったように愛想よくべらべらとランスロットを褒《ほ》め称《たた》える。農民たちはすっかりランスロットを尊敬の眼差しで見つめ、お礼代わりにと作物を差し出してきた。マーリンは森に生えている植物を風上から燃やせば、あの虫を退治できると親切に教える。

「ありがとうございます！　どうかお気をつけて」

農民たちに見送られ、樹里たちは再び馬を進めた。

「マーリン殿、手柄はあなたのものだと思いますが」

農民たちから離れると、ランスロットが困ったように言う。

「あなたの株を上げるのも作戦のうちです。お世話になっているのですから、これくらいはさせていただかないと」

マーリンはいつものそっけない口調で返す。気づいたらマーリンはランスロットと馬を並べて進んでいる。最後尾より前列のほうが、危険が高いと判断したのだろう。ぎくしゃくした雰囲気が少し緩和したようで、樹里は微笑ましく見ていた。

隊を進めていくうちに、今度は奇妙な光景に出くわした。

コンラッド川の下流に着き、水を補充したり、休憩をとって馬を休めていた時だ。突然、兵の一人が「山が赤い」と言いだした。

「本当だ……。真っ赤だ」

つられて遠くの尾根を見た樹里は、山の一部が赤いことに気づいた。紅葉しているにしても、隙間もないほど山全体が真っ赤になっていて気味が悪い。他の兵たちもざわついていることから、この世界でも異常なことなのだと分かった。

「先ほどの虫の大量発生といい……」

ランスロットは山を見据え、マーリンを窺《うかが》う。マーリンは腕を組んで、考え込んでいる。

「神の子が生まれる時、山が赤くなるんじゃなかったっけ？」

樹里は他の人に聞かれないように、こっそりとマーリンに尋ねた。もしあれがその予兆なら、樹里の立場はますます怪しくなる。

「赤くなる山は王都に一番近い山だ。この辺りは関係ない」

マーリンは赤い山を凝視したまま呟く。そうなのか。樹里はいくぶんホッとして、川に水を汲みに行こうとした。——ふいに、ぐらっと足元が揺れて、いっせいに兵たちが声を上げる。

「地震……!?」

樹里は焦って足元にいたクロにしがみついた。樹里の住んでいる日本は地震が多いので慣れているが、こんな場所で揺れるとは思っていなかったのでびっくりした。幸い地震はほんの数秒で収まった。

「マーリン殿、大丈夫ですか？」

振り返ると、地面に膝をついているマーリンをランスロットが助け起こしている。それほど規模の大きなものではなかったが、急いで駆け寄った。マーリンは動揺した様子で震える吐息をこぼしている。

「魔女の怒りか……」

マーリンはランスロットの腕を押し返し、顔を覆い隠すようにして人のいないほうへ行ってしまった。魔女の怒り――まさか、魔女モルガンが地震を起こしたとでも言うのだろうか。くわしく聞きたかったが、マーリンの拒絶を感じとって近づけなかった。

不穏な気配は漂うものの、隊は目的地に進んだ。コンラッド川を上流に向かって進むと、しだいに赤く染まった山は一つだけではないと分かった。途中でこの辺りに暮らす農民と出会い、赤くなった山からは獣が一匹残らず消えてしまったと聞かされた。

空が薄闇に包まれる頃、樹里たちは川の近くで野営をした。兵たちが交代で不寝《ねず》の番をしてくれる。

真夜中、天幕の中で樹里は誰かに話しかけられた気がして目が覚めた。

起き上がって周囲を見たが、身体を丸めて寝ているクロしかいない。クロは片方の耳を樹里に向けてぱたぱたと動かしたが、目を開けることはなかった。樹里は気になって天幕を出た。火の番をしている兵以外は、それぞれ横になって寝ている。樹里は何かに惹《ひ》きつけられるように木々が連なっている場所へ向かった。ランスロットは隣の天幕で寝ているはずだ。声をかけようかと思ったが、わざわざ起こすのも申し訳なくて、そっと足音を忍ばせていく。

低く唸《うな》るような声がかすかに聞こえた。月明かりを頼りに、声の聞こえるほうに向かう。暗がりの中、木にもたれて眠るマーリンの姿がぼんやりと映し出された。苦悶《くもん》の表情で、うなされているようだ。樹里に聞こえたのは、マーリンのうなされる声だったらしい。どうして天幕にいた樹里に聞こえたのか分からないが、あまりに苦しそうなので、樹里はゆっくり近づき、マーリンの肩を揺さぶろうとした。

「……っ‼」

肩を摑もうとした寸前、マーリンの手が伸びて、手首を捕まえられる。ぎょっとして樹里が固まると、カッと目を見開いたマーリンと目が合った。マーリンはわずかな間、樹里を睨《にら》みつけていたが、ふーっと苦しげな息を吐いて、樹里の腕を解放した。

「……何か用か」

マーリンは額に浮かんだ汗を拭《ぬぐ》い、かすれた声を上げる。

「起こしてごめん。うなされていたから」

樹里は素直に謝り、マーリンの前にあぐらをかいた。マーリンは恐ろしい悪夢でも見ていたのだろうか、汗びっしょりだ。

「大丈夫？　調子、悪いんじゃねぇの？」

地震が起きた時もマーリンはかなり動揺していた。いつもは冷静な魔術師が、こんなふうに不調なところを見ると心配になる。

「お前に心配されるとは私も地に墜《お》ちたものだな。さっさと天幕に戻れ」

マーリンはそっぽを向いて、視線を合わせようとしない。マーリンの顔を覗き込んでみたが、うるさそうに眉根を寄せられただけだ。

「……いいからもう行け」

樹里が黙ってマーリンを見ていると、すげなく追い払われた。仕方なく樹里は天幕に戻った。クロが薄目を開けて樹里が寄り添うのを待っている。天然の毛皮に包まれ、樹里はごろりと横になった。

マーリンの調子が悪いのは、魔女モルガンのせいなのだろうか。ランスロットとの言い合いでマーリンが魔女モルガンを異様に恐れていることが分かった。自分の母親である人をそれほど怖がるなんて、魔女モルガンとはどれほど恐ろしい存在なのだろう。樹里は言い伝えでしか魔女の話を知らないので、いまいちピンとこない。ジュリの冷酷さを思い出し、あれよりも恐ろしいのだろうかと想像してみた。

（そういや母さん、元気にしてるかな）

自然と自分の母親のことを思い出し、しんみりとした。中島《なかじま》にスマホを預けて、元の世界に戻れたら渡してくれと頼んだ。母の手にスマホは渡ったのだろうか。湖に落ちたまま行方不明の樹里をどれだけ心配しているだろう。せめて生きていることだけでも伝わっていますようにと、願わずにはいられない。

（親不孝でごめん……。でも今は帰れないんだ）

樹里はクロの毛に顔を埋《うず》め、母への思いを封じ込めた。今の自分には途中で投げ出せない理由ができてしまった。ラフラン湖に潜れば元の世界に帰れるかもしれないと分かった今でも、実行に移すことはできずにいる。

（せめてランスロットが以前のように騎士団隊長として活躍できるようにして、それにジュリをどうにかしなきゃ……。アーサーとはずっと一緒にいたいけど、違う世界で生きている俺たちがずっと一緒にいるなんて、無理なんじゃないかな……）

考え始めると頭の痛い問題が山積みで、樹里は思考を停止した。今はアーサーと合流することだけを考えよう。きっと打開できる道はあるはず。

樹里はクロの身体に寄り添い、明日はアーサーに会えるようにと祈りながら眠りについた。

5　ひとときの夢

Dream of moments

底冷えのする朝だった。樹里《じゅり》は寒さで目覚め、天幕から出て川で顔を洗った。川の水は凍えるほど冷たく、秋というより冬ではないかと疑うほどだった。樹里はフードつきの外套《がいとう》を着込み、厚手のズボンを穿《は》いた。

朝から曇っていた空は、昼前には重苦しい風をまとうようになった。雨が降るかもしれないとランスロットに言われたが、雨宿りする場所はないので不安になった。マーリンは使いに出した鳥が帰ってこないと苛立っている。アーサーたちに何かあったのだろうか。不安は尽きないけれど進むしかなく、樹里たちは白い息を吐きながら移動した。

川筋を上がっていくにつれ、道は狭く起伏が激しくなった。馬を降りて徒歩で進み、岩や落差のある道なき道を列になって進む。どこからか大きな水音が聞こえてきたのでランスロットに尋ねると、少し先に滝があるらしい。

「綺麗なものですよ。その辺りで休憩がとれたらと思いますが……」

ランスロットは気になったように上空を見る。先ほどから黒い雲が一気に広がりつつあるのだ。遠からず一雨くるだろう。まだ昼間だというのに視界が悪くなり、じめっとした風になっている。

「雨だ！」

急ぎ足になったところで、頬に滴が落ちてきた。兵の誰かが叫び、雨を避けるため、木々の間を縫って進む。ぽつぽつと降り始めた雨は、あっという間に視界を奪うほどの土砂降りとなった。先に様子を見に行った兵が戻ってきて、「近くに洞穴《どうけつ》があります！」と報告してきた。樹里はランスロットの後ろにくっついて、雨を避けられる洞穴を目指した。

その時、目の前に矢が飛んできた。

とっさにランスロットが剣を抜き、樹里をかばって身を屈《かが》める。矢は行く手を遮るように、目の前の地面に数本突き刺さった。

「何者か！」

木々の間から男の問うような声がして、ランスロットは顔を上げた。ふっとその背中から緊張感が消え、剣をしまう。

「我が名はランスロット、怪しい者ではない！」

ランスロットの声が雨の音を掻き消す勢いで響く。とたんに大きな枝葉が揺れ、人が飛び下りてきた。

「ランスロット卿！　あなたでしたか、ご無礼をお許し下さい」

ランスロットの前に跪《ひざまず》いたのは、三十代くらいの髪を刈り上げた壮健な男だ。騎士のマントをつけているので、騎士団の一人だと分かった。肩に大きな弓と矢筒をかけている。

「トレハ。久しぶりだな」

ランスロットは親しげに男と挨拶を交わす。トレハはちらりと樹里を見て微笑むと、地面に突き刺さった弓を矢筒に戻した。

「今、アーサー王子を呼んでまいります」

トレハはそう言うなり、雨の中を身軽に駆けていった。ランスロットは地面に刺さった矢がキャメロット王国のものであるのを察し、敵ではないと判断したようだ。ランスロットは隊を止め、後方にいるマーリンを呼んだ。樹里は雨脚が弱まったのを感じ、空を見上げた。黒い雲を掻き分けるようにして、青空が覗いていた。長く降り続くかと思ったが、一時的なものだったらしい。

マーリンが濡れたフードを脱ぎながらやってくる。その後ろにクロがいて、尻尾《しっぽ》を揺らしながら来たかと思うと、樹里の前で大きな身体をぶるぶるする。水滴が飛んできて、樹里もフードを脱いだ。

「ランスロット、マーリン、――樹里！」

晴れ間が辺りに広がった瞬間、アーサーが満面の笑みを浮かべて木々の間から姿を現した。太陽の光がアーサーの金髪をきらきらと輝かせていて、思わず目を擦る。アーサーは兜《かぶと》を従者に放り投げ、大きな岩がごろごろする道をいとも軽々と駆けてきた。

「アーサー‼」

樹里はアーサーに会えた嬉しさで顔をほころばせた。アーサーはランスロットやマーリンの肩を軽く抱くと、樹里の前に立つ。

「久しぶりだ。会いたかった」

アーサーは樹里の身体を静かに抱きしめて、耳元で囁《ささや》いた。樹里も頬が熱くなり、自然とアーサーの腰に手を回していた。懐《なつ》かしい気さえするアーサーの匂い。ひと月くらいしか離れていなかったのに、もう何年も会えなかったように感じる。無事でよかったと安堵し、アーサーから離れようとした。……だが、離れられない。

「ちょっ、ちょいちょい、長いだろ！」

アーサーの胸を懸命に押し返そうとするのだが、アーサーのすごい力に抱え込まれて動けない。樹里は渾身《こんしん》の力を込めて、離れようとした。けれどアーサーは馬鹿力で樹里を抱きしめている。

「無事に会えてよかった。実は昨日から正体不明の山賊に襲われていてな。また奴らが来たのかと思ったんだ。マーリンの鳥はそいつらに射殺された」

アーサーは樹里を抱きしめたまま、マーリンと話し始める。

「そうでしたか。連絡がないので、案じておりました」

マーリンも樹里が目に入らないかのように会話している。

「ランスロット、王都を離れてから、騎士団の者すべてに今回のあらましは語ってある。誰もお前が裏切り者だとは思っておらぬから安心しろ。何しろ第一部隊の隊長はお前以外に考えられないと皆が言うのでな」

アーサーは親しげにランスロットを見つめ、語っている。

「アーサー王子、ありがとうございます……」

ランスロットはいたく感激した様子で膝をついた。

「礼を言うのはこっちだ。樹里の面倒を見てもらっていたからな。お前というい男が傍にいることに、俺がどれほどやきもきしたか」

アーサーは樹里を無視して快活に笑っている。樹里はアーサーの胸を押し返すのに疲れて、はぁはぁと息を荒らげた。樹里はぐったりして身体から力を抜いた。するとアーサーがようやく手を離し、からかうようにウインクした。

「お前、体力が落ちたんじゃないか？　猫がじゃれているくらいにしか感じなかったぞ」

ムカッとしたので、樹里は思いきりアーサーの足を蹴り上げた。残念ながら武具を身につけたアーサーには何の効果もなく、逆に樹里のほうが痛かった。

「まずは隊を合流させよう。この先の洞穴に我々も陣取っている。皆の者、濡れた身体を乾かし、温かい食事をとってくれ！」

アーサーはランスロットの領民たちに優しく声をかける。皆が喜んで声を上げた。本当に和解できたのだと領民も安堵したようだ。一時は騎士団と闘っただけに、半信半疑だった者も多かったようだ。

「樹里、俺の天幕に来い。もっと顔を見たい」

樹里の肩に腕を回し、アーサーが目を細めて呟く。何だか急に恥ずかしくなって、樹里は赤くなった頬を隠すように手で覆った。

アーサーが率いてきた騎士団二個隊は、山をえぐるような形の大きな穴を利用して陣を張っていた。アーサーが樹里を連れて騎士たちの前に行くと、「神の子！」「神の子！」とあちこちから歓迎する声が上がる。第一部隊の騎士たちは、ランスロットの登場に我先にと駆け寄ってきて、再会を喜んでいた。特にマーハウスとユーウェインはランスロットと抱き合って合流できた喜びを噛みしめている。

「酒だ！　今夜は一晩中飲み明かそう！」

アーサーは大声で言い、その場にいた者たちから喝采を浴びた。雨はすっかり上がったようで、騎士たちは鍋に火をかけ、食事や酒を皆に配った。男たちはすっかり酒宴モードになってしまい、騎士もランスロットの領民も一緒になって騒いでいる。

「樹里、こっちだ」

アーサーは樹里の手を引き、ひときわ大きな天幕に引っ張っていった。王家の紋章が入った天幕に入ると、外の騒ぎが少し遠ざかる。アーサーの天幕にはいくつかの荷物と台置き、それに暖かそうな毛皮やラグが敷き詰められていた。

「樹里」

二人きりになったとたん、堪《こら》えきれなくなったようにアーサーが樹里の唇を奪った。焦って抵抗したが、甘い感覚に頭がぼーっとしてアーサーの口づけを受ける。アーサーはもどかしげに樹里の唇を吸い、大きな手で身体を撫でまわしてきた。

「濡れているな、風邪をひくから早く脱げ」

アーサーの手が樹里の外套の紐《ひも》を解く。樹里が湿った外套を脱ぐと、当然のようにズボンも下ろそうとしてきたので、慌てて止めた。

「ちょっと、待った！　そっちは濡れてませんけど？」

樹里がアーサーの手首を摑んで止めると、心外だと言わんばかりにアーサーに睨《にら》まれた。

「お前、久しぶりに会った恋人同士がすることと言ったら一つだろう？　何をもったいつけているんだ、俺を欲求不満にして何が楽しい！　早くやらせろ！」

相変わらず暴言を吐くアーサーにいらっとして、樹里は睨みつけた。

「もったいぶってるわけじゃねーし。つうか、まだ夜じゃないし、おまけに外で皆騒いでるんだぞ？　聞こえたらどうすんだ。お前と違って俺はそういうのはちょっと……」

こうしている今も外では男たちの歌声や騒がしい声が聞こえるのだ。変なことをして変な声を彼らに聞かれたらどうするつもりか。

「樹里、まさかお前ランスロットのほうがよくなったとか言うつもりじゃないだろうな？　俺は王宮で毎日神経を尖《とが》らせていたのに、お前はぬくぬくとランスロットに守られていい思いをしていたんだろう。まさかランスロットと寝てないだろうな？」

アーサーが目をすがめて言い、樹里はあんぐりと口を開けて拳《こぶし》を握った。

「な、何を言って……っ‼　ランスロットはお前と違って紳士なんだぞ！　それに俺はそんなに尻軽じゃないっ」

「じゃあ証明してくれ」

アーサーがにやりとして身につけていた武具を外し始める。

「おうよ！」

思わず答えた後で、しまったと樹里は口を手で覆った。アーサーは嬉しそうにどんどん武具を床に落として身軽になっていく。樹里は視線をさまよわせながら、裸になっていくアーサーから離れようとした。

「往生際が悪いな。声が気になるなら、がんばって抑えればいいだろ」

アーサーに捕まえられ、ズボンを引き摺り下ろされる。この国ではパンツの概念がないのでもろに樹里の下肢が露《あらわ》になってしまった。

「ひい！」

まだブーツを履いていたので、ズボンが膝下で留まって、ずっこける。すかさずアーサーが覆い被さってきて、キスをしながらシャツのボタンを引きちぎられた。

「アーサー……っ、だ、誰も覗きに来ないよな？」

アーサーの激しいキスから必死に顔を背け、樹里は尋ねた。アーサーの手が開いたシャツの中へ滑り込み、胸を揉みしだかれる。

「来ても気にするな」

アーサーは艶《つや》っぽい目で微笑んで、樹里の唇をふさいだ。

衣服を脱がされて身体中にキスをされると、樹里の身体は自然と熱を持った。

アーサーとは何度か身体を重ねているのに、近くに人の気配を感じているせいか、それとも久しぶりの逢瀬で高揚しているせいか、心臓のドキドキがうるさくてたまらなかった。たいして愛撫をされていないうちから息は乱れるし、身体が汗ばんでくる。

「ん……、う、う……」

裸になって絡まり合うと、互いの性器が触れ合って落ち着かない。アーサーの手が樹里とアーサーの性器をまとめて摑んで、擦り合わせる。

「見ろ、もうこんなになっている」

アーサーが耳朶《みみたぶ》を軽く嚙んで、勃起した性器を指で弄《もてあそ》ぶ。抱き合ってキスをしただけで熱くなっている性器が恥ずかしくて、樹里はそっぽを向いた。これではまるで待ち焦《こ》がれていたみたいだ。

「お前も欲しかったのか？　俺の……」

アーサーの舌が耳朶に入ってきて、樹里は身を縮めた。アーサーの吐息がかかってくすぐったいのに、時々ぞくりとする。

「樹里……ずっとこうしたかった」

アーサーの手が性器から離れて、樹里の後ろに回る。大きな手で尻を揉まれ、樹里は咎《とが》めるようにアーサーを見た。けれどアーサーの目が熱っぽく自分を見ているのに気づいて、照れて目を伏せる。アーサーは樹里の唇を舐《な》めて、唇をこじ開けてきた。

「ん……」

促されるように開いた樹里の口内に、アーサーの舌が潜り込んでくる。同時にアーサーの指が尻のすぼみをこじ開けてきて、びくりとした。アーサーの指はぐいぐいと中に入ってくる。

「……っ、ん……っ」

口の中を蹂躙《じゅうりん》されながら、尻の奥を掻き混ぜられる。アーサーの指が内壁をぐるりと撫でて、出たり入ったりを繰り返す。口の中と身体の奥を同時に刺激されて、樹里は息を喘《あえ》がせてアーサーにしがみついた。

アーサーの舌が自分の舌と絡まり合ったり、唇を吸われたりするのは、とろんとするほど気持ちよかった。夢中で樹里もアーサーの唇を吸い、心地よさに流される。

「……香油はいらないな、また濡れてきた」

アーサーが奥に入れた指を増やして、興奮した目で言った。樹里はひくんと腰を揺らして、息を詰めた。アーサーの指はどんどん奥に潜り、内部を広げてくる。アーサーの指は香油を使ったようになめらかに動いていた。わざと乱暴に動かすと、くちゅくちゅと濡れた音を立てる。樹里は自分の身体が信じられなくて、アーサーの胸を押し返した。

「感じているんだろう？　素直に言え」

アーサーが起き上がって樹里の足を広げる。片方の足を抱え上げられて、反転すると、アーサ

ーの二本の指が内部を搔き乱す。

「あ……っ、あ……っ」

感じる場所を律動され、思わず声が上がった。アーサーの指が動くたびに濡れた音が響き渡って耳まで赤くなる。自分は男なのに、アーサーに奥を弄《いじ》られて濡れている。前回、地下通路で交わった時もそうだった。

「アーサー……っ、や……っ、あ……っ」

あっという間に樹里の尻のすぼみは柔らかくなり、アーサーの指を三本も呑み込んでいる。アーサーは意地悪く樹里の感じる場所をぐちゃぐちゃと搔き乱し続けた。そのたびにひくひくと腰が揺らめき、性器が硬く張りつめる。

「ん……っ、う、ん……っ」

樹里は声が漏れないように必死で口を押さえた。喘ぎを堪えても、アーサーが奥を弄ると濡れた卑猥《ひわい》な音が響き渡る。樹里は耳から刺激を受けて、たまらなくなって悶《もだ》えた。

「中がすごく熱くなっている……。ここに欲しいんだろ？　奥を突かれたいんだろう？」

意地悪するようにアーサーに囁かれ、樹里は真っ赤になって目を潤ませた。そんなことないと言いたかったが、アーサーの指で奥を突かれて、もっと太くて硬いモノで突かれたら、と考えてしまった。

「し、知らない……、……っ、あ……っ、ひ……っ」

想像すると余計に頭がカーッとなって、樹里は大きく身震いした。気づいたら、尻のすぼみからあふれた蜜が太ももに垂れてきている。まるで漏らしたみたいで、動揺した。

「アーサー、俺……」

いったん身体を離そうとすると、樹里が逃げようとしたと思ったのか、アーサーが脇に手を挿し込んで持ち上げてきた。そのままアーサーの腰を跨《また》ぐような格好で抱き寄せられ、唇を激しく吸われる。

「んん……っ」

アーサーはキスをしながら樹里の身体の奥を開いて、アーサーの性器に誘う。すぼみにアーサーの性器の先端が当たって、樹里は腰を引くつかせた。アーサーは樹里のすぼみを指で広げ、性器を押し込んでくる。

「ん……っ、う、はぁ……っ、は……っ」

ずるずるとアーサーの性器が内部に押し込まれていく。硬度を持ったモノが内壁を広げ、深い場所まで犯す。樹里は最後の抵抗とばかりに膝を震わせたが、アーサーに腰を揺さぶられ、ぐっと奥まで性器を入れられてしまった。

「あ、うう……っ」

樹里は身体の奥をいっぱいにされた衝撃で、ぐったりしてアーサーにもたれかかった。アーサーの首に顔を埋《うず》め、身体の力を抜く。そうすると根元まで貫かれて、強烈な刺激に甘い声がこぼれた。

「はぁ……っ、はぁ……っ、ん……っ」

樹里は繋がった場所が甘く痺れて、悶えるように呻《うめ》いた。アーサーの手が腰から背中を撫で、脇腹を宥《なだ》めるように包む。

「気持ちいいんだろ……？」

アーサーの手が樹里の尖った乳首を指で弾いた。ひくりと腰を揺らし、樹里は潤んだ目をアーサーに向けた。アーサーは樹里が感じているのを確かめるように、両方の乳首を摘んでぐりぐりと引っ張る。

「ん……っ、あ……っ、あ……っ」

樹里がたまらずに喘ぎだすと、アーサーは大きな手で胸を撫で回し、屈んで舌で弾く。

「うう……、あ…っ、あっ、き、もちい……っ」

アーサーの性器を銜《くわ》え込《こ》んだ状態で乳首を激しく責められると、生理的な涙がこぼれるほど気持ちよかった。おまけにアーサーは小刻みに腰を揺さぶってくる。どんどん快感がたまってきて、樹里は息が苦しくなってきた。性器はとっくにびしょ濡れで、少し扱《しご》かれたら射精してしまいそうだった。

「中が熱い……、吸いついてくるようだ。もっと激しくしてほしいんだろう？」

アーサーは余裕のある表情で腰を軽く律動する。悔しかったので自分の性器に手を伸ばすと、手首を捕らえられて、自由を奪われる。

「中だけで十分気持ちいいだろう？」

アーサーに濡れた目で囁かれ、樹里は目の縁を赤く染めて睨みつけた。嫌だと思ったが、アーサーが腰を激しく突き上げてくる。ぐっ、ぐっ、と奥を突き上げられて、樹里は強い快感に顔を歪めた。

「ず、ずる……、や……っ、あっ、あ……っ‼」

抗議しようとすると、アーサーは余計に腰を上下に揺さぶってくる。樹里は太ももを震わせて、甲高い声を上げた。慌てて唇を噛んで声を我慢するが、アーサーはまるで声を上げさせたいみたいに奥を突き上げてくる。

「んう……っ、うー……っ、や、あ……っ、アーサー……っ、はぁ……っ、はぁ……っ」

樹里は身体をくねらせて身悶えた。揺れる樹里の性器からしとどに愛液があふれ出る。アーサーの性器が奥を突き上げるたびに、内部は熱く蕩《とろ》けていった。全身が甘く痺れていて、どこを触られても気持ちいい。これ以上激しく突かれたら、中で達してしまうと思いながら樹里は仰《の》け反《ぞ》った。

「ひああ……っ‼　や、イ、っちゃ……うっ」

樹里の感度が十分高まっていたのを見てとり、アーサーが一番弱い場所に深く腰を突き上げてくる。その快感があまりに深くて、我慢できずに樹里は性器から白濁した液体を噴き上げた。びくびくっと大きく身震いして、射精の快感に身を投げ出す。

「もう達したのか……?」

アーサーが射精する樹里を見ながら唇を舐める。アーサーは樹里が達しているのに構わず、奥をガンガン突き上げる。

「や……っ、や、だ、イってるから……っ」

樹里はあまりの刺激に泣きながら喘いだ。アーサーは繋がったまま樹里を床に押し倒し、抗議の声を無視して、激しく内部を責め立てる。

「うう……っ、う……っ、ひぐ……っ」

樹里の声が大きすぎたのか、アーサーに口をふさがれた。アーサーは獣みたいに樹里の内部をめちゃくちゃに突き上げる。樹里は声も出せずに、必死に身体をくねらせてラグを乱した。イったばかりなのに、内部を激しく突かれて、快感が永遠に終わらないかのようだった。何だか本当に中がおかしい。アーサーの性器で掻き回されると、気持ちよくて頭が真っ白になる。

「はぁ……っ、はぁ……っ、すごい気持ちいい……っ、樹里、お前の中は最高だ」

アーサーは樹里の足を大きく広げ、深い場所まで性器を押し込む。アーサーの性器がひときわ大きくなった気がした直後、内部に熱い液体が注ぎ込まれた。

「う、く……っ、はぁ……っ、はぁ……っ」

アーサーが息を詰め、ふっと身体を弛緩させる。樹里は中が汚されていくのを感じながら、息をするのも苦しくて、だらんと腕を床に投げた。アーサーははぁはぁと息を乱して、樹里に覆い被さる。

「んん……っ、う……っ」

アーサーの濡れた唇が樹里の乾いた唇を吸う。互いに汗びっしょりで、身体を重ねると熱気で湯気が出そうだった。アーサーはずるりと樹里の中から性器を抜くと、樹里の額に張りついた髪を掻き上げた。

「樹里……、樹里……」

アーサーは樹里の顔中にキスをして、嬉しそうに頬を撫でる。樹里はまだ息が乱れていて、事後の余韻が抜けなかった。

「はぁ……っ、はぁ……っ、ん……っ」

アーサーが髪に口づけ、悪戯《いたずら》するように乳首を指で弾く。そんな刺激にさえ、身体がびくっとなって恥ずかしかった。アーサーの手は胸を撫で回し、脇腹を揉んでくる。

「愛している……」

耳朶にキスをされ、耳元でうっとりするような言葉を紡ぐ。樹里は身体から熱が引かなくて、思わずアーサーの首に腕を回した。アーサーは樹里の脇腹を撫でていた手を、太ももへ移動する。アーサーの手がつけ根に流れ、強く揉まれる。どこを触られても感じてしまって、樹里は腰を揺らめかせた。

「ぜんぜん萎えない……、もっとお前を感じさせてくれ」

アーサーの手が腰に回り、体勢を変えられた。四つん這いにさせられたかと思うと、アーサーが再び性器を樹里の中に挿入してきた。アーサーの性器はゆっくりと入ってきて、せっかく治まりかけてきた樹里の内部を刺激する。

「お前のと俺のが混ざって、ぐちゃぐちゃだ」

アーサーはゆっくりと腰を律動しながら、艶っぽく笑う。樹里の内部はアーサーの精液でどろどろだった。アーサーが抜き差しするたびに泡立った液体があふれ出て太ももに伝う。それが異様にいやらしく思えて、頭の芯が痺れた。

以前は男に変な目で見られるのが嫌で、からかうようなことを言われたら相手を叩きのめすのが常だった。その自分が、今は男に抱かれて甘く呻いている。女みたいに喘いで、身体を作り替えられたみたいに奥を濡らしている。自分でも自分が分からなくて、樹里はぼんやりとした目でアーサーを振り返った。

「あ……っ」

腰を抱え込んだアーサーが、奥をぐっと突き上げてくる。樹里は考えるのをやめて、再び快楽に流された。

「お前はここが好きなんだろ？」

アーサーが奥にある内壁を強く擦ってくる。樹里は鼻にかかった声を上げて、床に肘をついた。アーサーは樹里の身体を隅々まで理解していて、声を押し殺せなくなる場所を重点的に突き上げてくる。

「ひ……っ、あ……っ、そ、こ駄目……っ」

樹里は床に顔を押しつけ、腰を高く掲げた状態で身悶えた。アーサーは樹里が逃げられないように腰をしっかりと摑み、樹里の感じる場所をいきなり激しく律動した。かーっと内部が熱くなって忙しない息が漏れる。樹里が頭を大きく振って腰を震わせると、アーサーは腰の動きを止めて、焦らすように太ももを揉む。

「はぁ……っ、はぁ……っ」

樹里は乾いた唇を舐めて、もっというように腰をくねらせた。アーサーは樹里の尻たぶを広げ、わざと動かない。

「んん……っ、アーサー、焦らすなよ……」

尻や太ももは愛撫するけれど、それ以外はしてくれないアーサーに焦れて、樹里はかすれた声で訴えた。

「お前が素直に奥を突いてくれと言うならしてやるぞ」

アーサーはからかうように言って、樹里の背骨を指で辿る。樹里は肩越しにアーサーを睨みつけ、変な声を上げないように気をつけながら「アーサーのほうが我慢できなくなるだろ」と言い返した。

「こんなに感じやすい身体をして何を言う」

アーサーが前に回した指で乳首を引っ張る。樹里は甘く呻いて、腰を軽く振った。

「誰のせいだと思ってるんだ、よ……っ」

人の身体をさんざん好き勝手にした男に言われたくなくて、樹里は勝手に腰を動かした。小刻みに腰を振ると、それだけで気持ちよくて熱い息がこぼれる。

「お前の身体は俺に愛されるようにできていたんだ」

赤面するような台詞《せりふ》を平然と吐かれ、樹里は唖然として振り返った。アーサーは樹里の腰をしっかり捕まえて、待ち望んでいた律動を始める。

「あ……っ、あ……っ、い、いい……っ」

樹里は奥を性器で擦られ、とろんとした目で嬌声《きょうせい》をこぼした。繋がるほどにアーサーとの性交は感度を増していく。内部がアーサーの性器に吸いつき、その形が分かるくらい溶け合っている。

「今度は先に出すなよ」

アーサーは樹里の性器の根元を握り、大きくスライドしてくる。強く打ちつけられるようにされて、強烈な快感が脳まで届いた。

「……っ、ひ……っ、やぁ……っ」

樹里は腰をくねらせて喘ぎ、全身をひくつかせた。アーサーは抜けそうなぎりぎりのところまで性器を引き、一気に奥まで突っ込んでくる。強い衝撃に達しそうになったが、アーサーに射精を止められて快感が身の内に溜まっていく。

「あー……っ、う、ああー……っ」

声を抑えなきゃと思うのに、奥に入れた性器を回すようにぐりぐりとされると、理性を失った。アーサーは深く突き立てた性器で、樹里を激しく揺さぶる。繋がった場所がびしょ濡れで、身体中感度が上がっておかしくなりそうだった。

「中がひくついているな……、もう少し我慢しろ……」

アーサーは息を乱して、断続的に腰を穿《うが》ちながら卑猥な音を響かせた。天幕中に濃密な空気が漂い、樹里は自分の喘ぎ声でぼうっとした。アーサーの性器を銜え込んだ奥は、樹里の意思とは無関係に収縮を繰り返している。

「やぁ……っ、も、無理……っ、イかせて……っ」

樹里は涙声で訴え、アーサーの手を性器から外そうとした。アーサーは荒い呼吸で樹里を無視して、腰を打ちつけてくる。

「ひ……っ、や……っ、あ、あ、あ……っ‼」

身体の内部に溜まる熱の行き場がなくなり、樹里は大きな声を上げて仰け反った。感じたことのないほど大きな快楽の波がやってきて、奥にあるアーサーの性器をぎゅーっと締めつけた。樹里は声も出せないまま、全身を襲った快感に四肢を引き攣《ひ》らせた。失神するかと思うほど、頭の芯まで蕩ける。

「く、う……っ、あ……っ」

アーサーが樹里の快楽に引きずられるように上擦った声を上げる。内部でアーサーが精液を吐き出すのが分かる。樹里は激しい快楽に押し流され、全身から力を抜いた。頭がくらくらして、身体が痙攣《けいれん》する。

「はぁ……っ、はぁ……っ、すごい感じていたな……、大丈夫か？」

ようやくアーサーが性器から手を放してくれたが、樹里は答えることもできず、意識が朦朧《もうろう》としていた。おかしなことに、射精していないのに、射精したような深い快感に浸っていた。快感は持続していて、樹里は床に倒れたまま、ひくひくと足を震わせていた。

「樹里……そんな顔をしているのを見ると、やめられなくなる」

樹里の髪を掻き上げて覗き込んできたアーサーが、ごくりと唾を飲み込むのが分かった。自分がどんな顔をしているのか分からず、樹里は苦しげに呼吸を繰り返すだけだった。アーサーがたまらなくなったように樹里の唇にむしゃぶりつく。

樹里は深い快感の海に流され、ただ喘ぎ続けた。


アーサーと抱き合っているうちに眠りについたらしい。気がつくと天幕には自分だけで、アーサーの姿はなかった。裸の上の布は、アーサーがかけていってくれたのだろう。アーサーは樹里の身体を拭《ふ》いてくれたらしく、綺麗になっている。激しい抱擁《ほうよう》を思い出し、樹里は赤くなりながら脱いだ衣服を身につけていった。

天幕の入り口の幕を上げて、そっと周囲を窺《うかが》う。すっかり夜になっていて、あちこちに松明《たいまつ》の明かりが見えた。騎士や兵は酔い潰れて寝ている者も多い。樹里は天幕を抜け出て、アーサーの姿を探した。何度も繋がったせいで、腰がへろへろしている。まっすぐ歩いていない気がして、無性に恥ずかしかった。

ぱちぱちと火の爆《は》ぜる音がする中、樹里は騎士の一人に教えられ、川際の開けた場所で話し合っているアーサーとランスロット、マーリンのところへ行った。三人は焚火《たきび》を囲んで地べたに座り込んでいる。驚いたことにクロはアーサーとランスロットの間に寝そべっていた。すっかり二人に慣れたようだ。樹里を見てしっぽをぱたぱたする。

「樹里、起きたのか」

樹里が近づくとアーサーが気づいて笑顔で振り返る。頷きかけた樹里は、ランスロットと目が合ってどきりとした。ランスロットは一瞬苦しげに目を逸らしたのだ。天幕で何をしていたかランスロットも分かっているだろう。いたたまれない気持ちになったが、それを顔に出すのはもっと悪い気がして、樹里は気づかないふりをして輪の中に入った。クロは樹里が座るとのっそりと起き上がって、身体をぴったりくっつけて伏せる。

「今後のことを話し合っていたところだ」

アーサーは折った枝を焚火にくべて言う。マーリンは揺れる炎を前に、浮かない顔つきだ。

「王都ではますます状況が悪化しているらしい」

アーサーが王都から届いた報告書を見せてくれた。樹里には読めなかったが、原因不明の病気で宰相《さいしょう》が倒れたり、王妃が臥《ふ》せったりしていることが書かれているとマーリンが教えてくれた。しかも王都では女性が高熱を出して倒れる病気が蔓延《まんえん》して、大変らしい。女性と性行に及んだ男性にも病気がうつっているようで、人々は家に閉じこもり外出を控えているそうだ。

「エッチで移るってことは、粘膜感染？　空気感染じゃないんだよな。ウイルスかな」

話を聞きつい呟いたが、アーサーたちにぽかんとされてしまった。考えてみればこの世界の病気の知識はまだまだ遅れている。ウイルスとか感染とか言われても意味が分からないだろう。

「えっとその、病気もジュリのせいなのかな」

樹里は首をかしげて聞いた。

「女性を狙っていることといい、国を滅ぼすつもりかもしれません。子どもが生まれなければ、必然的にキャメロットは滅ぶでしょう。何とかして医師に治療方法を見つけてもらわねば。私が診《み》に行ければ、病気の原因が魔術かどうか分かりますが……」

マーリンは渋い顔で小さくなった火に、砂のような粒をかける。とたんに勢いが増して皆の顔がよく見えるようになった。

「結果も出さずに帰還したら、ユーサー王の怒りを買うでしょうね。かといってケルト族に闘いを挑むのはいかがなものかと」

ランスロットは夜空を見上げた。山向こうにはケルト族の集落がある。ケルト族は独自の言葉や文字を使う部族で、よそ者を嫌って部族内で婚姻を繰り返しているそうだ。以前ケルト族の女性とキャメロット王国の騎士が恋に落ちたことがあったのだが、ケルト族の猛反対を受けて女性は自殺してしまったとか。

「俺もケルト族と事を起こすのは反対だ。むしろこの機会に和睦《わぼく》を結ぶつもりだ。和睦を結んだと言えば、いくらユーサー王でも帰還を受け入れざるを得ないだろう」

アーサーは腕力に物を言わせて大きな枝をへし折る。

「問題はどうやって和睦を結ぶかです。何の手土産もなしに使者を送っても、追い返されるだけでしょう」

マーリンに指摘され、ケルト族とどうやって和睦を結ぶかを話し合った。クロの身体を撫でていた樹里は、話に入れなくて相槌《あいづち》だけ打っていた。この世界の情勢はよく分からないから、口を挟めない。マーリンやアーサーはケルト族の誰々がどうの、風習がどうのと意味不明の話を続けている。

「それにしても忌々しいのは王都に居座っているジュリだ。あいつをどうやって倒せばいいのか……。一思いに斬ることができれば、どれだけ楽か」

ケルト族の話が一段落した時、アーサーが顔を歪めた。王子であるアーサーも神の子を斬り捨てることはできなかったようだ。神殿と軋轢《あつれき》を生むからだろうか。そう思って聞いていた樹里は、己の勘違いにすぐ気づくことになった。

「恐ろしい少年です。剣が利《き》かぬとは」

ランスロットが眉を顰《ひそ》めて言う。

「は？」

樹里は戸惑った。剣が利かない？

「剣が利かないってどういうこと？」

聞き間違いかと問い返すと、アーサーが信じられない事実を明かした。なんと、ジュリを斬ろうとしたら、剣が撥《は》ね返《かえ》ったというのだ。まさかそんな、と半笑いになったら、マーリンに事実だと言われてしまった。

「嘘だろ、剣が使えなきゃどうやって殺すんだよ。マーリンの呪術で殺したはずが結局生き返ってんじゃん。ということは……」

樹里は麻袋に入れてある銃を思い出した。銃は中島《なかじま》という男から貰《もら》い受《う》けたもので、ジュリを倒すために持ち運んでいる。本音を言えば、暴発しそうで銃なんて危険な物を持ち歩きたくないのだが、ランスロットの城に置いておくわけにもいかないし、道中何が起こるか分からないから携帯していた。ジュリに剣が撥ね返るような術をかけられているとすれば、やはり銃でも駄目だろう。

「奴の身体には特殊な術がかけられているのだろう。それを解ければいいが……」

アーサーは右の拳を左の手で受け止め、悔しそうに言った。

ふと頭に何か引っかかって、樹里は首をかしげた。とても大切なことを忘れている気がする。今の話の中で、重要な何かが……。

「あーーーーっ!!」

樹里は突然立ち上がり、大声で叫んでしまった。アーサーがびっくりして身を引き、ランスロットがぽかんとする。マーリンに至ってはびくっとしたのを厭《いと》ってか、樹里の尻を枝で叩いてきた。樹里の声は近くで寝ていた騎士たちをも起こしたらしい。何だ、何だと寝《ね》ぼけ眼《まなこ》で騎士たちが起き上がる。

「何でもない、休め」

アーサーはざわついた場を静めるように、腰を浮かせて手を振った。樹里は大声を出したのを反省して、手を合わせた。けれど目はらんらんと輝き、興奮のあまり鼓動が跳ね上がった。そうだ、何故自分は忘れていたのだろう。ジュリを倒すもの、ひいては魔女モルガンを倒せる得物を、自分は知っているではないか。

「ご、ごめ……。俺、すっかり忘れてた、俺知ってる！　ジュリを倒せるやつ！　モルガンも倒せるはず！」

樹里は拳を握って前のめりで叫んだ。樹里の言葉に三人が目を見開く。

「知っているって、本当か？」

アーサーは半信半疑だ。

「貴様、何を知っているのだ、早く話せ」

マーリンは樹里に摑みかからんばかりだ。

「樹里様、くわしくお話し下さい」

ランスロットは一番落ち着いていたが、それでも瞳に力が入っていた。樹里は頬を紅潮させ、どうして今までそれに気づかなかったのかと我ながら呆れた。

「エクスカリバーだよ！」

樹里は胸を張って言った。おお、というどよめきが起こると思ったのに、三人が狐につままれたような顔をしているだけなので肩透かしをくらった。三人は伝説の剣エクスカリバーを知らないので仕方ない。

「エク……何ですか？」

ランスロットに不可解な表情をされて、樹里は咳払いして説明を始めた。

「アーサー王物語に欠かせない岩に突き刺さった伝説の剣だよ！　あー、俺なんでそのこと忘れてたんだろ。そうだよ、物語の敵を倒すには伝説の剣に決まってんじゃん！　エクスカリバーはランスロットの持ってる妖精の剣並みにすごい剣なんだ。それが神殿の地下通路に隠されてんだ。前にアーサーと迷い込んだ時見つけたんだけど、アーサーが行けない場所に隠されててさ。しょうがないから俺が抜こうとしたんだけど、ぜんぜん抜けないでやんの。エクスカリバーはアーサーにしか抜けない剣なんだ」

樹里は得意げにべらべらしゃべるが、アーサーとランスロットはついていけないという様子で顔を見合わせる。

「あの時、抜け抜けとうるさかったやつか？　岩に刺さってる剣なんか使えるのか？」

アーサーは樹里の言い分を信じていなくて、うさんくさそうな顔つきだ。

「そのようにすごい剣なら、ひとまず手に入れてみてはいかがでしょうか。アーサー王子にしか抜けないという剣、興味があります」

ランスロットは窺うようにマーリンに顔を向ける。つられて樹里もマーリンを見ると、そこには青ざめて厳しい顔つきをした男がいた。マーリンのただならぬ様子に、樹里たちも息を呑む。

「その剣……、神殿の地下通路に隠されていると？」

マーリンは樹里を凝視する。

「え、う、うん。ほら、前にアーサーが怪我《けが》をした時、治したって言っただろ。その時見つけたんだよ」

樹里がたじろいで頷くと、マーリンは震える吐息をこぼした。

「アーサー王子、一刻も早くその剣を手に入れることをお勧めします。今までどれだけ神殿を探しても見つからなかった剣です。ジュリに奪われる前に、手にしなければ。地下通路があるなんて、神殿を造った大神官はたいした術師だったようです」

マーリンが居住まいを正してアーサーを熱く見つめる。マーリンの後押しもあって、アーサーもようやく信じる気になったようだ。樹里の話は適当に聞いていたくせに、目つきが変わった。

「地下通路には魔女モルガンを倒すための言葉が刻まれていた。いわく、魔女を倒すには天上の知恵、強靭《きょうじん》なる肉体、清らかな妖精のごとき心が必要だと。樹里の言っている剣とやらは、落とし穴の向こうにあるらしい。お前はその剣の謂《いわ》れを知っているのか？」

アーサーは地下通路で見たレリーフの文言を、すらすらと語る。

「地下通路に関しては存在だけは知っておりました。キャメロットにある古い文献をすべて読み漁りましたから。魔女モルガンがこの国に呪いをかけた時、当時の大神官が神殿を造ったのです。その際に魔女モルガンを倒す策を隠したという一文が文献にあったのです。私はひそかにそれを探しておりましたが、どうしても見つからなかった。地下通路に入る隠し扉があるのですね？」

マーリンはここ数週間の憂いを取り払い、何かの確信を得たようだった。以前のような抜け目のない策士の顔で話す。

「俺が思うに、あれは王の子と神の子が同時に触らなければ開かないのかもしれない。その後一人で行ったが、扉は開かなかった」

アーサーは目を細めて答える。

「私が見つけられなかった理由も、それなら理解できます。呪いをかけられた時の大神官は、魔女モルガンほどではないがそれなりに力を持った術師だったと聞いております。魔女モルガンがこの国に呪いをかけた際、彼は鏡の術をかけたのです。魔女モルガンの力が撥ね返り、王都から遠くへ飛ばされるように。大神官は防御の術を王都にかけました。あまり力は残っていなかったのか、王宮と神殿だけですが、だからこそ未《いま》だにこの二つには魔女モルガンは立ち入れないと言います」

マーリンは樹里たちの知らない事実を明かした。王宮と神殿に入れないようにするなんて、妖精王みたいに結界を張ったのだろうか？

「——初めて聞く話だ。どうして今までその話をしなかった？　魔女モルガンに関する情報を得たなら、まずは俺に話すべきではないか？」

ひやりとした空気を感じたと思った瞬間、アーサーが鋭く詰問する。樹里は顔を強張らせてアーサーを見た。アーサーは無表情だったが、静かな怒りを感じさせた——マーリンに対して。

「お前は俺の魔術師だと思っていた。だが秘密が多すぎる。神の子を殺そうとしていたことも含め、ここですべて詳《つまび》らかにしろ」

アーサーはマーリンを見据える。マーリンは顔色一つ変えなかった。樹里は二人の緊迫したムードにはらはらして、救いを求めるようにランスロットに目を向ける。ランスロットは口を挟む気はないらしく、黙ってマーリンを見つめている。

多分、マーリンは自分が魔女の子どもだということをアーサーに話していない。もし知られたらどうなるのだろう？　王国の敵である魔女の子どもだと知ったら、アーサーは……。樹里は耐えきれなくなって、立ち上がった。

「今はそんなこと言ってる場合じゃないだろ⁉　マーリンにだって事情とかあるんだし！」

樹里が大声で凍りついた空気を壊すと、戸惑ったようにマーリンに見つめられた。自分でも何でマーリンをかばっているのか分からない。マーリンには何度も痛い目に遭わされたのに。

でもマーリンがアーサーを思う気持ちだけは確かだ。マーリンは危険な人物だが、その一点があるばかりにどうしても憎めないのだ。

アーサーはムッとしたように樹里を睨みつけたが、がりがりと金髪に手を突っ込み、ふっと肩の力を抜いた。

「……アーサー王子、いずれすべてお話しします。今はご容赦下さい。ですが私があなたを守りたいという気持ちは真実です」

マーリンが静かに告げた。アーサーもそれ以上は言えなくなったらしく、樹里に座れと命じて表情を和らげた。

「分かった。今はそのエク……何とかの話をしよう。マーリン、その剣ならばあいつを討てるのか？」

アーサーが枝で焚火を掻き回し、聞く。アーサーは気持ちの切り替えが早く、こういう場合でも何事もなかったように冷静に話ができる。空気が和らぎ、樹里はほっとして話に参加した。

「エクスカリバーだよ。魔法の力を持ち、正統な王だけが抜ける剣なんだぜ」

樹里は中島から教わった話を得意げにした。

「何でお前は知ってるんだ？」

アーサーはうさんくさそうに目をすがめる。

「……文献にありました。大神官は特別な剣を作り、その剣に特別な力を込めたと。魔女モルガンに奪われるのを恐れて隠したのです。それが神殿の地下通路だったのでしょう」

マーリンがフォローするように言う。アーサー王物語という小説があるとは言えなかったので助かった。

「王の子と神の子しか入れない扉があるなら、急いで取りに行かなくて大丈夫でしょうか？」

ランスロットは気になったように顎を撫でる。

「……真偽のほどは分かりませんが、モルドレッド王子とジュリの二人なら入れる可能性はあります。ジュリはおそらく地下通路に気づいていないのでしょうが」

マーリンの指摘に樹里はがっかりすると同時に、ものすごく不安になった。大切なエクスカリバーをジュリに奪われたらおしまいだ。どうにかして先に手に入れられないだろうか。

「アーサー、こっそり王都に帰ろう」

樹里はこれ以外方法はないと、熱く訴えた。アーサーは馬鹿にしたように樹里の額を小突く。

「俺は王子だぞ。何でこっそり帰らなきゃならない」

「そういうプライドいらないからぁ！」

じれったくなって樹里は口を尖らせた。

「二個隊を動かしているんだ。何の手土産もなしに帰れるか。ケルト族と和睦を結ぶまで、俺は帰るつもりはない」

アーサーは断固として言った。樹里もマーリンもエクスカリバーの重要性を訴えているのに、アーサーにはあまり伝わっていないようだ。己の力で何とかなるという自信があるのだろうか。ランスロットもアーサーを説得しようとしたが、変なところで頑固なアーサーは首を縦に振らなかった。

「早く取りに行かなきゃなのに……」

樹里はやきもきしてクロに愚痴をこぼした。

――しばらくその場での待機を余儀なくされる。誰もがそう思っていた。ケルト族との和睦を結ぶのは容易ではなく、どれくらい時間がかかるのか誰にも分からなかったからだ。けれど王都への帰還は予想外に早まった。

6 帰還

Return

コンラッド川の上流で一週間ほど野営をしていたある朝、王都から第二部隊に所属するルディンという若い騎士がやってきた。ルディンは昼夜を問わず馬を走らせ、必死の思いでアーサーに知らせを届けに来たのだ。

「ルディン、何事だ」

汗だくで跪《ひざまず》いたルディンにアーサーは駆け寄った。他の騎士たちも周りを囲む。

「アーサー王子、モ、モルドレッド王子がユーサー王を弑逆《しぎゃく》、王座に座り、自らが次の王だと宣言しました！」

ルディンの報告に、騎士たちがいっせいにどよめいた。アーサーは血の気の引いた顔で言葉を失っている。

「馬鹿な！　モルドレッド王子が何故、そのようなことを⁉」

「ありえない、気は確かなのか！」

「本当にユーサー王がお亡くなりに⁉」

騎士たちは混乱してルディンを責めるように口々に話し始める。ユーサー王がおかしくなっていたとしても、騎士にとって主君は神同然、急な知らせに騎士たちは動揺していた。

「ほ、本当です……っ、夕食会の最中、モルドレッド王子がいきなり剣を抜いてユーサー王を刺したとその場に居合わせたバーナード卿が証言しております。ユーサー王は我を見失い、国を滅ぼす命令を下したと。耐えかねたモルドレッド王子はユーサー王を弑逆、そして王になることを宣言しました」

ルディンは息を切らしながら、一気に語った。モルドレッドがそんな大それたことをするなんて信じられなかった。力より知恵で生きていくタイプなのに、親殺しを？　同じ殺すにしても、策略を巡らせて暗殺するタイプに見えた。いきなり剣を振るうなんて、モルドレッドらしくない。

「だが、ここに王位第一継承者のアーサー王子がおられる。何故モルドレッド王子は、自らが王になるなどと言っているのだ？」

ランスロットが張り詰めた声でルディンに迫った。ルディンは誰かが手渡した水を飲み干し、ちらりと樹里《じゅり》を見て唇を噛んだ。

「モルドレッド王子は……、神の子が子どもを孕《はら》んだ、と」

ルディンの唇から漏れた言葉に、樹里は言葉を失った。誰もが固まっている。

「だから自分は正式に王座につける、とおっしゃっております」

ルディンは申し訳なさそうにアーサーに顔を向けた。樹里はアーサーを見て、びくりとした。アーサーはこれまで見たことがないほど静かに深く怒っていた。身体から青白い炎を上げているように見えて慌てて目を擦る。それは錯覚だったが、アーサーの怒りに肌がぴりぴりするほどだった。

「神の子は父王とも関係を持っていた。誰の子か、分かったものではない」

アーサーは握った拳《こぶし》を震わせ、憎々しげに呟いた。樹里は顔を引き攣《ひっ》らせた。ジュリはユーサー王とモルドレッド王子に二股をかけていたのか。モルドレッドは樹里に気のあるそぶりを見せていたし、ジュリになびく気持ちは分からないでもないが、ユーサー王がジュリと関係を持ったというのが信じられなかった。ユーサー王は、王として神の子と王の子の結びつきを誰よりも望んでいたはずなのに。

「妊娠は嘘である可能性が高いかと思います」

それまで黙っていたマーリンが、低い声で割って入ってきた。樹里もその可能性を思った。第一、ジュリは男なのだから、妊娠するはずがない。

「孕んだように見せる術を使っているのかもしれません」

マーリンの指摘に騎士たちがざわつく。皆が動揺し、混乱している。

「皆の者！」

ふいにアーサーが大声を放った。騎士たちの目がいっせいにアーサーに集中する。

「王都に帰還する！　急ぎ、支度せよ！」

アーサーの命令に、騎士たちはわっと散った。騎士たちは焚火《たきび》を消し、天幕を畳み、馬の準備や荷物の撤収を急ぐ。アーサーは樹里の腕を摑み、ランスロットとマーリンを手招いた。

「ランスロット、お前も一緒に王都に帰還してほしい。父王亡き今、俺の権限で、お前に下された処分は不問にする。マーリン、お前は俺たちが王宮に入る前に神殿の地下通路に行けるよう、手を打ってくれ。できるか？」

アーサーが口早に命じるとランスロットとマーリンは同時に頷く。

「アーサー王子、私の領民は領地に戻しても構いませんか？」

ランスロットは領主として、自分の兵の扱いを尋ねる。アーサーに構わないと言われ、ランスロットは兵たちのもとに向かった。

「モルドレッド王子やジュリと対峙《たいじ》する前に、エクスカリバーを手に入れるのは良い判断だと思われます。ひそかに神殿に入れるよう、手を回しましょう」

「頼む」

マーリンはアーサーに頷くと、すぐさま指笛を鳴らし始めた。マーリンの指笛が響き、どこからともなく鳥が集まってくる。上空で鳥たちが輪を描くようにしている。マーリンはまるで鳥と会話するみたいに、指笛で語りかけている。

「アーサー……」

樹里は不安げにアーサーを見上げた。

「お前とはもう二度と離れない」

アーサーは上空を旋回する鳥たちを見上げて呟いた。アーサーの大きな手は樹里の手首を摑んでいる。自分も王都に戻るのか。樹里は何だか震えてしまって、アーサーにしがみついた。アーサーは自分の父親の死を知ってなお、冷静に見える。けれど身の内には激しい怒りと悲しみが渦巻いているのが分かった。アーサーは樹里を抱きしめ、深く息をこぼした。

「俺は弟と剣を交えるかもしれない」

アーサーがかすれた声で言った。樹里はどきりとしてアーサーの顔を見上げた。実の弟であるモルドレッドと剣を交えるということは、殺し合いをするという意味だろうか。樹里にとっては別世界の話で、肯定することは到底できなかった。この世界ではよくある話でも、樹里の育った世界では大罪だ。

（中島《なかじま》さんが言ってた。物語ではモルドレッドがアーサーを殺すって……）

ふと中島が語ったアーサー王物語を思い出し、一層不安になった。物語とこの世界の出来事が完全に一致するわけではないが、一致する部分が多いので、気がかりなのだ。

「アーサー……、どうにかならないのか？」

樹里は胸が苦しくなった。モルドレッドがユーサー王を殺したのは、ジュリのせいだ。ジュリがユーサー王を狂わせ、モルドレッドをそそのかしたことは間違いない。それにジュリが生き返ってから、まだそれほど経っていない。たとえモルドレッドと身体を重ねていたとしても、こんなにすぐ子どもができたと分かるものなのだろうか？　樹里は男なので妊娠にはくわしくないが、やはり嘘ではないかと疑ってしまう。それに男なのに、そもそもどうやって妊娠するのだろう。

「それは向こう次第だ」

アーサーは樹里の額にキスをして、出立の準備を始めた。アーサーに迷いは見えなかった。王族内の殺し合いが始まるのかと思うと憂鬱《ゆううつ》になり、樹里はクロを抱きしめた。

昼過ぎにはそろってコンラッド川沿いを下り始めた。

ケルト族との和睦《わぼく》についてはまだ道のりが遠そうだった。アーサーはいずれ和睦を結びたいと考えているようだが、今は身内の問題を片づけるほうが重要だろう。樹里はアーサーの馬に乗せられ、慌ただしく王都を目指した。コンラッド川の中流でランスロットが率いてきた隊はラフラン領に戻ることになり、樹里は世話になったランスロットの領民たちに礼を述べた。

騎士団の隊はすごい勢いで王都を目指している。樹里は騎馬隊の機動力のすごさを目の当《ま》たり《あ》にした。馬たちは限界ぎりぎりまで走らされ、道には砂埃《すなぼこり》が舞った。騎士たちは皆、殺気立っていた。ユーサー王が殺されたことに憤《いきどお》りを感じているのだ。そしてその一方で、殺害したのがモルドレッド王子だということに困惑している。

四日をかけて、騎士団は王都の近くのガレッド村に到着した。村人は喜んで騎士団を迎え入れた。馬を休ませ、食事を振る舞ってくれる。ガレッド村は王宮に献上する農作物を作っているので、今回のこともよく知っていた。

「アーサー王子、どうかアーサー王子こそ王となられますように。今の王宮はおかしいのです。先日も作物を納入しに行った村人が死体となって帰ってきたのです」

村長が村人を代表してアーサーに訴えてきた。村長の話では、モルドレッド王子に不敬な発言をした者はすぐ首を刎《は》ねられるそうだ。ユーサー王もおかしくなっていたが、モルドレッドはその比ではないらしい。アーサー王子がいないのに王座に就くのはいかがなものかとモルドレッド王子に進言した貴族たちを残らずその場で斬り殺したそうだ。あのモルドレッドが、と樹里はにわかには信じられなかった。他にも使用人や従者、立場的に弱い者がモルドレッドからひどい目に遭っているという。

「村長、今夜はここに隊を泊めてもらえるだろうか。後で礼はする」

アーサーは村長に頼み、二個隊を一時この村に置くことに決めた。

騎士たちが休息をとる中、アーサーは与えられた一室で武具を外し始めた。アーサーは「今から神殿に行く」と言い、樹里たちにも潜入しやすい服装になるよう命じた。樹里やマーリンは黒いフードつきのマントを羽織るだけだが、ランスロットは武具を外し、身軽な格好になる。四人で黒いマントを羽織ると、これからすごいことをやるような感じで興奮してきた。そんな場合ではないと分かっているが、樹里はわくわくした。ともかく今はエクスカリバーをアーサーに抜いてもらうのが重要だ。

夜の薄闇の中、樹里たちは村を出て、二頭の馬で王都に入った。クロは目立つので村に置いてきた。本人は不満そうだったが、まさか地下通路にクロを連れていくわけにもいかない。

王都に入ると、アーサーは人けのない道を選びながら城に向かった。

「静かだな」

アーサーの言う通り、王都は静まり返っていた。いつもならこの時間帯は酒場や広場に民がたむろしているものだ。だが今、酒場の明かりは灯っていても、にぎわいだつ声や笑い声は聞こえてこない。

目立たない場所に馬を繋いで、樹里たちは神殿の裏手に出た。そこに、一人の男性が待っていた。

「アーサー王子、ご無事の帰還、嬉しく存じます」

貴族のバトラー卿が顔をほころばせて、アーサー王子の前に跪く。ランスロットの城の地下室で会って以来だ。アーサーはバトラーを立たせ、その肩に手を置いた。

「バトラー卿、王都に人がいないのは何故だ？」

アーサーの問いにバトラーが悩ましげに目を伏せる。

「昨日、日が落ちたら外にでてはいけないとモルドレッド王子が戒厳令を敷いたのです。逆らった者は牢《ろう》に入れられるので、民は不満ながらも家に閉じこもっております」

樹里は呆れて目を丸くした。戒厳令が敷かれるなんて、軍事下みたいだ。

「すまない、この恩は返す」

アーサーはそれにも拘《かかわ》らず行動してくれたバトラーに厚く礼を言った。バトラーはアーサーたちを神殿の裏手にある出入り口に誘導した。

「現在、神の子は王宮におられます。懐妊の発表からずっと、王宮に留まっているようです」

ジュリが神殿にはいないと聞き、樹里はホッとした。ここで闘う羽目になったら、勝てる自信がない。

神殿の中に入ると、懐《なつ》かしさに戸惑った。なんだかんだいって、ずっとここで暮らしていたので馴染《なじ》み始《はじ》めていたのかもしれない。バトラーが手を回してくれたおかげで、神兵の姿はどこにも見当たらなかった。樹里はアーサーと身を寄せ合いながら、女神像が建つ場所まで行く。

「ここだよ」

樹里が女神像の台座を示すと、マーリンが「ここが……。確かに何らかの術の気配を感じる」と台座に触れて言った。ランスロットが松明《たいまつ》を持ってきて、準備は整った。

樹里はアーサーと共に手を台座に置いた。すると石が自然と動きだす。音がけっこううるさくてドキドキしたが、神兵たちはやってこなかった。

「このような場所に通路が……」

バトラーは驚きに声を上擦らせる。先にマーリンとランスロットを送り込み、樹里は続いて中に下りた。

「バトラー卿、お前はもう家に帰っていい」

アーサーはバトラーにそう告げ、最後に入り口から飛び下りた。それとほぼ同時に扉が再び閉まる音がして、「お気をつけて」というバトラーの声が消えていった。

ランスロットが松明を辺りにかざす。ランスロットもマーリンも、地下通路に興奮しているようだった。樹里は先頭に立って、「早く行こうぜ！」と目を輝かせた。

地下通路も二度目なので、樹里は落ち着いて辺りを見ることができた。マーリンとランスロットはひたすら驚愕《きょうがく》し、こんなものが神殿の地下にあるなんて信じられないと呟いている。長く続いた石畳が途切れた場所に、屈《かが》まないと通れないトンネルがある。アーサーはランスロットから松明を受けとり、先頭に立って歩きだした。アーサーは地下通路の地形を把握していて、分かれ道がきても迷うことなく進んでいる。しばらく歩き続けると、開けた場所に出た。

石造りの円形の広場には、かがり火台がある。アーサーはそれに火をつけた。

「これは……」

マーリンがぐるりと周囲を見渡して呻《うめ》き声《ごえ》を上げる。

床には大きな石板があり、魔女モルガンが長い杖を持ち、キャメロット王国に呪いをかけている絵が描かれている。絵の横には長い文が刻まれている。『魔女を倒すには天上の知恵、強靭《きょうじん》なる肉体、清らかな妖精のごとき心が必要』と書かれているそうだが、樹里にはさっぱり分からない。

「驚きです。このような場所があったとは」

ランスロットが感嘆した様子で石板の上に立つ。

その時、突然耳鳴りがした。

思わず身をすくめてしまうほど、強烈な耳鳴りに全員が顔を顰《しか》める。特にランスロットは目を瞠《みは》り妖精の剣を固く握った。樹里はつられて妖精の剣を見たのだが、耳鳴りの発信源がそれであることにすぐ気づいた。ランスロットが握っているのに、妖精の剣それ自体が生き物であるかのようにカタカタ動いているのだ。

「何だ？　どうなっている？」

キーンと鳴り響く音に顔を顰めて、アーサーが戸惑った声を出す。

「ランスロット卿、妖精の剣を抜いてみて下さい」

マーリンは耳を押さえながら、ランスロットに促した。ランスロットは頷いて妖精の剣をすらりと抜きだし、天井に向ける。妖精の剣は鞘《さや》から抜かれるとまばゆい光で辺りを照らした。

「え……っ」

耳鳴りが収まってホッとした樹里は、目を見開いて三人を見た。妖精の剣の光が、アーサーとランスロット、マーリンを順番に強い光で照らし出したかと思うと、続いてレリーフの文字を白く浮かび上がらせたのだ。

「す、すげぇ……」

樹里は思わず立ち尽くし、輝いている三人を見た。三人にスポットライトが当たっているようだ。アーサーもランスロットもマーリンも呆然として互いを見ている。

「天上の知恵……」

マーリンが呟いて床にある石板の魔女モルガンの絵に視線を落とす。

「強靭なる肉体……」

アーサーが続けて言う。

「清らかな妖精のごとき心……」

ランスロットが呻くようにこぼした。三人の声の後、徐々に光は和らいでいき、耳鳴りもいつしか消えていた。ランスロットは妖精の剣を鞘に収めた。

「な、な、な、何？　どうなってんの？　今の何？」

樹里は不思議な現象にパニックになってアーサーやランスロット、マーリンの顔を覗き込んだ。三人とも夢から醒めたようにぼんやりしている。前回はこんなことは起こらなかった。一体、何がどうなっているんだ！

「お前には何も聞こえなかったのか？　何かが俺たちに語りかけてきた。どうやら魔女モルガンを倒すには俺たち三人の力が必要なようだ」

アーサーが考え込むように言った。樹里には何も聞こえなかったので、三人の顔を交互に確認した。三人とも魂が抜けたような顔をしている。ランスロットは震える息を吐き、胸に手を押し当てる。

「光栄なことです。私がお役に立てるなら……」

マーリンは昏《くら》い表情でじっと魔女モルガンの絵を見下ろしていた。その姿があまりにもつらそうで、樹里は心配になった。

「マーリン、大丈夫か？」

樹里が声をかけると、マーリンはぐっと唇を噛んだ。そして何かを吹っ切るように、アーサーを見つめる。樹里はマーリンの決意したような眼差しに、どきりとした。

「アーサー王子、今こそ私の秘密をお話ししましょう。私が何故神の子を殺し、そこにいる樹里も手にかけようとしていたか……。私は魔女モルガンの子ども、キャメロット王国を滅ぼすために送られたモルガンの駒の一つなのです」

マーリンは一息に秘められた事実を明かした。樹里はマーリンとアーサーを凝視した。アーサーは目を見開き、強い力に打たれたようにぶるっとした。樹里はアーサーがどう思うのかが恐ろしくて、息を詰めて見守った。アーサーはマーリンを裏切り者とそしるだろうか、今まで騙《だま》していたと怒り狂うだろうか。

だが、樹里の心配は杞憂《きゆう》だった。アーサーは感情を表に出さなかった。じっとマーリンを見据え、ため息をこぼした。

「岸壁の闘いを覚えているか」

アーサーが静かにマーリンに問うた。マーリンは一瞬泣くのではないかと思うほど顔を歪め、苦しげに頷いた。マーリンは自然とアーサーの前に跪き、己の主君を見上げた。

「どうして忘れることができましょうか。あの闘いの時、私は母である魔女モルガンを裏切り、あなたのために命を懸けて闘うことを誓ったのです」

マーリンは身の内から迸《ほとばし》る感情を声に滲《にじ》ませた。アーサーの顔が和らぎ、ふっと微笑みを浮かべる。

岸壁の闘いとは、おそらくマーリンが死の縁をさまよったという戦闘だろう。マーリンは以前、戦闘でアーサーに命を救われたと言っていた。

「あの闘いの前まで、俺はお前を信用していなかった。お前の中に何か嘘を感じていたからだ。けれどあの闘いの後、お前から嘘が消えた。だから俺はあれ以来、お前に背中を見せることに不安がなくなったんだ。俺の勘は間違っていなかったのだな」

アーサーは男らしい笑みでマーリンを許した。マーリンはショックを受けたように身を乗り出し、アーサーをしっかりと見つめた。

「私を信用していなかったのに、何故身を挺《てい》して私を助けてくださったのですか？」

マーリンはわななくように言った。それに対するアーサーの答えは簡潔なものだった。

「お前は俺の魔術師だからだ。自分の魔術師を助けるのは当たり前だろう。お前が俺の魔術師であり続ける限り、俺は何度でも助けるぞ」

アーサーは気楽な調子で答え、跪くマーリンに手を差し伸べた。マーリンは小刻みに身を震わせながら、アーサーの手に額を押しつけた。横で見ていた樹里は胸が熱くなって目を潤ませた。二人の間の絆《きずな》が羨《うらや》ましくて、目を擦る。ランスロットを見ると、同じようにこの状況を喜んでいるのが分かった。ランスロットは微笑みを浮かべ、アーサーとマーリンを見守っている。

「アーサー王子、改めて忠誠を誓います。私はこの命を懸けて、あなたをお守りします。私は魔女モルガンを間近で見てきました。故に私の中には魔女モルガンに対する恐怖心があるのです。けれどその呪縛は、今、解けました。あなたを失うこと以上に恐ろしいことなど、この世にはない」

マーリンはアーサーの手を借りて立ち上がり、レリーフの文字に目を細めた。

「アーサー王子、そもそも呪いを解くための神の子の始まりをご存じですか？」

マーリンに聞かれ、アーサーが眉根を寄せる。

「魔女が呪いを解くための方法も残したのだろう？」

アーサーの言葉にマーリンは静かに首を振った。

「いいえ、違うのです。文献を読むうちに分かったのですが、もともとは魔女が作ったものではないのです。当時の大神官が魔女モルガンの呪いを解く方法を探し続け、女神から啓示を受けたとありました。山が赤く染まった時、ちょうど生まれた子どもがこの国の呪いを解く可能性を持つと。しかし捜し当てた子どもが間違っていたのか、呪いが解けることはなかった」

樹里はマーリンが何を言い始めるのだろうと耳を傾けた。

「大神官は病で倒れ、亡くなりましたが、神の子という仕組みは継続されました。それを魔女モルガンが自分に都合のいいようにすり替えたのです。山が赤く染まる時、魔女から書簡が届く……こうすればいくらでも偽の子どもを神の子とすることができる。同じ頃に生まれた別の人間の子を神の子と仕立て上げればいいのです。呪いは続き、神の子は自分の運命を知らないまま死んでいく」

樹里は感心した。この国の呪いの話を聞いた時、どうして呪いをかけた魔女モルガンが神の子の居場所を知らせるのか不思議に思っていたのだ。マーリンの言った通りなら、辻褄《つじつま》は合う。要するに呪いを解かせないための魔女モルガンの仕業だったというわけだ。

「その話を聞く限り、神の子に呪いは解けないということではないか」

アーサーは絶望的な表情になって声を震わせた。アーサーの目が樹里を捉えて、疑惑を投げかける。樹里は今こそ自分が別世界から来たことを分かってもらうべきかもしれないと悩んだ。けれどマーリンの話には重要な続きがあった。

「モルドレッド王子をたぶらかしている神の子は、魔女モルガンの子どもなのです。以前、私が言ったことを覚えていらっしゃいますか？　そこにいる樹里ともう一人のジュリのどちらが本物かなどと考えるのは無意味なことと。その理由がやっと分かっていただけるでしょう。ジュリは魔女モルガンの子どもなのです。魔女モルガンは、神の子に選ばれた赤子と、自分の産んだ赤子をすり替えたのです」

マーリンはアーサーを見つめ、衝撃の事実を告げた。

アーサーは樹里を見やり、混乱したように額に手を当てた。

「本当であれば、とても公表できない事実だ。キャメロットの民がどれほど神の子に期待をかけているか、知っているだろう。それが嘘だったと？　大神官の作った仕組みを、魔女モルガンが横取りしたと？」

アーサーはこの事実にはついていけないようだった。

「そもそも神の子という仕組みはとっくに壊れていたのです。神の子と王の子によって魔女モルガンの呪いが解けるという希望はないと思ったほうがいいのかもしれません。現に神の子ジュリはこの国を滅ぼすために着々と動いております。けれど、私はここに来て新たな希望を見出しました。我々三人の力で魔女モルガンを倒すことは可能だという道が示されたのです」

マーリンは力強く言った。確かにこうしてこの三人がここに集まったことには意味があるのかもしれない。三人はそれぞれ強い力を持っている。

「そのためにも、隠された剣を手に入れましょう」

マーリンは凛《りん》とした態度で言った。ようやく暗かった顔を上げ、アーサーとランスロットが頷く。樹里も隠された剣を手に入れるという言葉に押されて、拳を突き上げた。

「アーサー、行こうぜ。エクスカリバーをゲットだぜ！」

樹里は率先して円形の部屋から延びる五つの道の一番右に足を向けた。マーリンとアーサーが和解できてよかったと思う一方で、神の子の定義に動揺していた。身分を騙《かた》っている心苦しさは消えたが、より不安定な立場に追い込まれた気がする。

「でもいいなぁ、三人とも勇者っぽくてさぁ。俺だけのけ者っぽくない」

一番右の通路を歩きながら樹里は気分を変えようと言ってみた。石板の上で三人にだけスポットライトが当たり、何だか面白くない。どうせなら自分も勇者の一人になってみたかった。

「そうだ、マーリン。じゃあこいつはどうなるんだ」

アーサーがハッとしたように樹里の頭に手を置く。

「こいつ呼ばわりかよ……」

神の子システムがないと知ったとたん、アーサーの態度がさらに横柄になった気がする。マーリンはちらりと樹里を見て、言いづらそうに答えた。

「彼は現在の神の子と同じ容姿をしているので、とある世界から連れてこられた異邦人です」

マーリンが答えると、アーサーが目を吊り上げた。

「お前、俺を騙していたのか⁉」

アーサーは顔を突き出して怒っている。

「神の子かどうか、どうでもいいって言ったじゃんよ……」

樹里が唇を尖《とが》らせて言い返すと、アーサーが耳を引っ張って怖い顔をする。

「それとこれとは話が違う！　ずっと神の子のふりをして俺を誘惑していたんだな？　いろいろおかしいと思ってたんだぞ！」

「マーリンと同じように俺の嘘も不問にしてくれよ！」

アーサーと言い合いをしていると、横でランスロットが笑っている。アーサーはまだ別世界というのが理解できないらしく、別世界とはなんだとしつこく聞いてくる。

「ラフラン湖から通じる異界だよ」

樹里は理解できないだろうと思いつつ、アーサーに教えた。湖底にあるのか？　と聞かれ、そんなわけあるかと突っ込みを入れた。

言い合いをしているうちに、例の落とし穴に行きついた。壁からは槍《やり》が突き出し、落とし穴は底が見えないほど深い。

「前回は俺がこの槍を伝って向こうに行ったんだ」

樹里は一本の槍に手をかけて教えた。マーリンは懐《ふところ》からコインを取り出し、落とし穴に投げる。マーリンが短く歌うと、コインはきらきら光りながら闇の中に消えた。一番下まで行くと、コンという音を立てる。

「下にも仕掛けが施されているようですね」

マーリンは大きく頷くと、腰に下げていた袋から一本の枝を取り出した。それを右手に持ち、落とし穴に向かって真っすぐ持つと、低い声で流れるように歌を口ずさんだ。

「わっ」

樹里はマーリンの持っている枝に注目した。マーリンの歌に合わせて、枝がどんどん伸びて太くなっていく。その速度はすさまじく、やがてマーリンが持てないほど大きくなった。マーリンはそれを落とし穴に向かって投げた。すると、枝は一本の丸太になって向こう側に届いた。

「すっげ」

樹里は拍手をした。これを渡れば向こう側に行ける。マーリンは足元を確かめるように丸太を踏み、すたすたと向こう側に行く。渡り終えたマーリンは樹里たちを手招きした。

「どれ」

アーサーは足元を確かめながら、丸太を渡っていく。すんなりと渡り終えたアーサーは樹里に向かって「来い」と呼びかけた。

「い、行くぞ」

樹里はランスロットが見守る中、丸太に足をかけた。数歩渡ったところで足元を見たのは大失敗だった。急に足元がおぼつかなくなって、へっぴり腰になる。よく考えたら、丸太一本の橋なんて渡ったことがなかった。落ちたら終わりという危機感に、足が震える。マーリンとアーサーが平気な顔で渡ったのでこんなに怖いと思わなかった。

「早く渡れ、下を見るな！　前を向け！」

アーサーが向こう側で大声を出している。樹里は真ん中で止まってしまった足を必死に動かした。怖くない怖くない……。自分に言い聞かせながら、どうにか渡りきる。

「危なっかしいな、お前は」

最後はアーサーに手を引っ張られ、倒れ込むようにして渡りきった。槍の上を渡った時のほうがマシだった。一本駄目でも次の槍があるからだ。丸太を渡るのは綱渡りをしているみたいで心臓に悪い。

「行きましょうか」

樹里が汗を拭《ぬぐ》っているうちに、さっさと渡り終えたランスロットが促してきた。これではまるで自分だけがチキン野郎みたいで悔しい。支えてくれるアーサーの手を振りほどき、この先は自分しか知らない道だと案内役を買って出た。

「こっち、こっち」

樹里は先頭に立って通路を進んだ。しばらく歩くと、やがて大きな空間に出た。立派な祭壇があって、石でできた女神像が建っている。円形の部屋と同じ大きさの空間には四隅にレリーフが刻まれた太い柱がある。

「俺、これ読めなかったんだよな。何て書いてあるの？」

もうアーサーに隠す必要がなくなったので、樹里は素直に聞いた。柱には文字が刻まれているのだが、意味が分からない。

「魔女を打ち破るエクスカリバーは真の王者にのみ抜ける」

アーサーが入り口から向かって右の柱を見て読み始める。

「魔女に対抗する杖は祭壇の下に眠る」

マーリンは続けて右奥の柱を読み上げる。

「魔女の邪悪な心を撥《は》ね返《かえ》す石は女神の首にかける」

ランスロットが左奥の柱の文字を読む。

「……正統な持ち主以外が手にした時、災いが降りかかる」

最後にマーリンが入り口に向かって左にある柱の文字を読んだ。そんなことが書いてあったのか。樹里はエクスカリバーにしか気づかなかったが、この部屋には他にもいろいろなアイテムがあるらしい。文字を読み終えたマーリンは祭壇の前まで行き、祭壇の下に手を突っ込んだ。石がずれる音がして、祭壇の下から引き出しが現れた。引き出しには砂が詰められている。マーリンは注意深く砂の中に手を入れた。

「これは……」

マーリンは砂の中から一本の杖を取り出した。長さ三十センチほどの杖で、金色に光っている。

「なるほど……、これには魔力が秘められている。かなり威力を発揮しそうです」

マーリンは杖を手に馴染ませて、納得している。

「すげぇ。マーリンの武器レベルが上がった！　ランスロットのもあるんじゃない？　女神の首って……」

樹里は興奮して女神像を見た。あいにく女神像はネックレスをしているが、全身石でできている。

「これは……どういった謎かけでしょうか」

ランスロットは女神像の首もとに触れ、じっと考え込む。首にかける石というから、宝石みたいなものを想像していた。しかしよく考えれば、女神像に宝石がかかっていたら前回、気づいたはずだ。

「妖精の剣を当ててみたらどうだ」

アーサーに顎をしゃくられ、ランスロットは妖精の剣を抜いて女神の首もとに刃を押し当てた。すると不思議な出来事が起きた。刃に触れた場所から、ネックレスが変化していったのだ。最初はただの石だったのに、みるみるうちに金の鎖に変わっていく。

「おお……」

ランスロットは目を瞠《みは》った。女神像の首にかかっていた石のネックレスが、今は輝く宝石に変わったのだ。金の鎖の先に光っているのは、ランスロットの瞳と同じ翡翠色《ひすいいろ》の宝石だ。ランスロットは剣をしまうと、女神像からそっとネックレスを外した。

「私が身につけてよいのでしょうか」

ランスロットは畏《おそ》れ多《おお》いと言わんばかりにアーサーを窺《うかが》う。アーサーに鷹揚《おうよう》に頷かれ、おそるおそるといったそぶりで首にかけた。

「不思議な宝石です……。見ていると心が落ち着く」

ランスロットは翡翠色の宝石を衣服の下に隠した。

「エクスカリバーはこの先だよ」

樹里はわくわくしながら、祭壇の裏側にある洞穴《どうけつ》を指した。そこは樹里がぎりぎり入れるくらいの小さな洞穴で、アーサーは入ろうとしたものの、肩で止まってしまった。

「もっと大きくできないか？」

アーサーは顔を引っ込め、マーリンに指示する。

「やってみましょう」

マーリンは杖を洞穴にかざして、抑揚のある歌声を響かせた。とたんに洞穴が生き物のように轟《とどろ》き始《はじ》め、少しずつ大きくなっていく。ほんの数十秒で大人の男性が余裕で入れる大きさになった。

「ふむ……、とても使いやすい杖です」

マーリンは杖の使い心地に満足する。

さっそくアーサーが洞穴を進み、樹里たちも急いで後を追った。

洞穴の先には鍾乳洞《しょうにゅうどう》があった。高い天井からはつらら状の石が連なっている。どこからか水音が聞こえ、青い光が差し込んでいる。樹里は小山状の岩に突き刺さった剣を指差した。

「ほら、あれだよ！」

樹里が嬉々《きき》として叫ぶと、声が反響する。アーサーは身軽に小山に飛び乗ると、岩に突き刺さった剣をじろじろ眺めた。

「これがそんなにすごい剣なのか？　石と一体化して、とても何かを斬れるとは思えん」

アーサーはこれまでたくさんの不可思議な現象を目の当たりにしているのに、ひどく懐疑的だ。女神像の石のネックレスが宝石に変わったように、アーサーの剣も光り輝くとは思わないのだろうか。

「早く抜いてくれよ！　アーサーにしか抜けないんだから。真の王者にしか！」

樹里が大声で発破をかけると、真の王者というフレーズに気をよくしたのか、アーサーが柄に手をかけた。その瞬間、七色に輝く光が鍾乳洞に満ちた。アーサーはするりと剣を抜きとった。

樹里は目をきらきらさせて、うわぁと口を開けた。樹里があれほど力を込めてもびくともしなかった剣が、今はアーサーの手から光を放っている。

アーサーは剣を天に掲げた。

石と一体化していたはずの剣が、今や打ちたての剣のように冴え冴えと輝いていた。柄には宝石がちりばめられ、刃にはアーサーの凜々《りり》しい顔が映し出されている。

「これは……」

アーサーも剣に見惚《みと》れている。

「おお、なんと素晴らしい……」

ランスロットは剣の輝きにひれ伏すように膝を折った。マーリンも誇らしげに跪きアーサーを見上げる。

「すっげー、やっぱアーサーは伝説の王様だぁ……」

樹里もまばゆい光景にノックアウトされて、感嘆した。肝心のアーサーは一番早く現実に返ったようで、剣を数度振り、感触を確かめている。

「なかなかいい剣だ。だが、鞘がないとは困ったな。マーリン、俺に鞘をくれ」

アーサーは無理難題をマーリンに言う。マーリンは臆した様子もなく、「心得ました」と頷き、アーサーのいる小山に上っていった。

「文字が刻まれております。ここに国を救う真の王者の剣あり、と。長い間エクスカリバーを封じ込めていた岩です。大きな力を秘めているはず」

マーリンはそう呟いて、杖で小山をコンコンと叩く。甲高い声で歌いながら、マーリンはなおも小山の岩を杖で叩き続けた。少しすると、ぎょっとするものが出来上がっていった。岩でできた長いごつごつした鞘だ。マーリンはそれを重そうに持ち上げ、アーサーに差し出した。

「重いな。もっと軽くなれ」

アーサーはそう呟きながら、エクスカリバーを岩の鞘に差した。刹那《せつな》、岩の鞘は革製のしっかりした鞘に変わった。樹里は見間違いかと目を擦った。

「ふむ。これならちょうどいい」

アーサーはさほど驚いた様子もなく、エクスカリバーを収めた鞘を腰にくくりつける。数々の奇跡にびっくりしているのは樹里だけで、他の三人は平然と受け入れているように見える。

「よし、剣も手に入れたことだし、戻ろう」

アーサーはあっさりとしたもので、もう帰りの準備を始めている。樹里はこの奇跡にもう少し酔いしれていたかったのだが、時間がないというので諦めた。

アーサーはエクスカリバーを手に入れ、マーリンは最強の杖を、ランスロットは魔を祓《はら》う宝石を手に入れた。ジュリを倒す剣や防具を手に入れた気分になり、樹里は怖いものなどないと意気が上がっていた。

7 対決

Showdown

ガレッド村の村長に礼を言い、アーサーは武装した姿で騎士団を王都に向けて出発させた。伝達の馬が先に王都に入り、騎士団の帰還を知らせていたので、沿道には大勢の民が迎えに出ていた。凱旋《がいせん》でもないのに多くの民がアーサーの名前を呼んでいた。病気が蔓延《まんえん》しているという噂の通り、女性の姿は見当たらない。アーサーを歓迎する男の声が地鳴りのように響く。アーサーの馬に樹里《じゅり》が乗り、その後ろにランスロットがいるのを知って、民は余計に熱気を帯びた。王都に入る前は、民から石を投げられたらどうしようと不安だったというのに。

アーサーはいつもは陽気に民に手を振るのに、今日ばかりはそういう振る舞いをいっさいしなかった。

城が目前に迫り、樹里はハッとして身を硬くした。

城壁の前に、騎士が並んでいたのだ。その顔は一様に暗く、困り果てている。城門は閉ざされていて、跳ね橋もかかっていない。そして騎士たちはアーサーを止めるように剣を構えていた。

アーサーは馬の歩みを止めたが、馬から降りることはなかった。

「アーサー王子、申し訳ありませんが、この先に通すわけにはまいりません」

第二部隊隊長のバーナードが沈痛な面持ちで前に出てきた。

「モルドレッド王が、罪人を伴って入城するのは許さないと……」

バーナードはアーサーの顔を直視できずに言う。第一部隊と第四部隊の騎士たちが、いきり立った。

「貴様ら、何をやってる！」

「馬鹿な真似はやめろ、俺たちを敵扱いか！」

「騎士として恥ずべき行為だ！」

騎士たちが怒鳴り合って、不穏なムードが広がる。樹里は自分たちを置いて、アーサーだけ入城すればいいと思い、顔を上げた。するとアーサーはすっと手を上げた。とたんにその場が静まり返る。

アーサーがバーナードを見下ろす。

「俺はこの国の王位第一継承者のアーサーだ！　俺のいない間に王座を乗っ取った卑劣な者を倒すために戻ってきた！　偽りの神の子と偽りの王は即刻この国から追い払わねばならない‼」

アーサーのよく響く声が城壁に並ぶ騎士たちを震わせた。間近にいる樹里はアーサーの声に歓喜して、鼓動が激しくなった。アーサーは王者の風格で、騎士たちを一睨《ひとにら》みする。

「お前たちに問う！　どちらが王にふさわしいのか！　お前たちはユーサー王を弑逆《しぎゃく》した卑劣な男を王と崇めるのか！」

アーサーが一喝すると、騎士たちが次々に剣を収め、跪《ひざまず》き始《はじ》めた。アーサーを見上げるバーナードの目には涙が滲《にじ》んでいる。

「アーサー王子……、私は……、私は……」

バーナードは両手を地面につけた。

「アーサー王子、この国をお救い下さい」

バーナードの絞り出すような声がしたと思った矢先、突然バーナードが首に両手をかけて立ち上がった。

「うぐ、う……っ、が……っ」

バーナードは咽《のど》を掻きむしり、苦しそうに地面に倒れてのた打ち回る。周囲の騎士たちが恐れるように身を引いた。バーナードは口から泡を噴き、四肢を痙攣《けいれん》させている。樹里はとっさに城に目を向けた。どこからかジュリが見ている。ジュリの視線を感じる。

「マーリン、どうにかしろ！」

アーサーに応《こた》えてマーリンは杖をかざし、「もうやっております」と目を閉じた。金色の光がバーナードを包み込む。バーナードはそれまでの苦しさから解放されたようにぐったりした様子で地面に四肢を投げ出した。

「隊長！」

バーナードの部下が駆けより、バーナードを介抱する。かろうじてバーナードは一命をとりとめ、騎士たちによってこの場から運び出された。

「門を開けろ！」

第二部隊の騎士たちが、声を上げて門を開ける。跳ね橋がかかり、騎士たちがアーサーに道を開けるように列を作った。アーサーは堂々と橋を渡り、開いた門から城に入る。

「アーサー王子、神の子は面妖なる術を使います。逆らった者は、手も触れずに殺されるのです。我々はなすすべもなく……」

城を守っていた騎士の一人が、アーサーに向かって必死に訴えた。アーサーがいなかった間に城内の雰囲気は一変していた。ジュリは城内を恐怖で支配している。

「分かっている、心配するな」

アーサーは馬から降りて、不敵な笑みを浮かべた。アーサーに馬から降ろされ、樹里はまなじりを上げて城の入り口を見つめた。これからジュリと対峙《たいじ》すると思うと、武者震いがする。アーサーたちの足手まといにならないようにと、樹里は気持ちを強く持った。

「異様な気を感じます。アーサー王子、お気をつけ下さい」

ランスロットは妖精の剣を抜き、アーサーの前に躍り出た。ランスロットの勘は当たっていた。城に一歩踏み込んだとたん、剣を構えた騎士たちが現れたのだ。騎士たちの目はうつろで、とても自分の意志で剣を構えているようには見えない。何者かに操られているのだろう。奇声を上げながら斬りかかってきた。

「目を覚ませ！」

ランスロットは妖精の剣を大きく振りかぶり、向かってきた騎士たちを吹き飛ばした。妖精の剣は人の命を奪う剣ではない。騎士たちは傷を負うことなく遠くへ吹き飛ばされ、意識を失った。

「ランスロット、頼んだぞ」

アーサーも騎士たちを斬りたくはなかったので、ランスロットの剣は大いに役立った。ランスロットは先頭に立ち、次々と飛びかかってくる騎士たちをなぎ倒していく。

「私にお任せ下さい」

ランスロットが次々と現れる騎士を引き受けてくれた。

樹里たちは階段を上がり、広間を目指した。廊下や建物の陰から騎士たちが剣を振りかざしてきたが、ランスロットの敵ではなかった。ランスロットは見事な剣さばきで広間への道を作る。

広間の扉を開けると、そこには王座に座るモルドレッドとジュリがいた。モルドレッドは王冠を頭上に被り、ユーサー王が好んで着ていた赤いマントを羽織っていた。樹里はジュリを見てぎょっとした。ジュリの腹は大きく膨れ、妊娠しているように見える。一方モルドレッドは、頬がこけ、目をぎらつかせていた。何かにとり憑《つ》かれたようで、樹里はたじろいだ。

「兄上、無事のご帰還おめでとうございます。けれどあなたが連れているのは罪人だ。即刻私に差し出してほしい。それから、数日後に即位式を行おうと思います。もちろん、この国を治めるこの私、モルドレッドのためのものですよ」

モルドレッドは熱に浮かされたようにしゃべり始めた。モルドレッドの傍には衛兵が立っているが、全員怯《おび》えた目をしている。怖いのはモルドレッドではなくジュリなのだろう。ジュリが動くたびにびくびくする。

「アーサー!!」

アーサーが王座に近づくと、後ろの扉から王妃イグレーヌと侍女、それからグィネヴィアが現れた。王妃イグレーヌはやつれ果て、侍女に支えられてやっと立っている状態だ。

「母上……」

アーサーは王妃イグレーヌを振り返り、悲しげに唇を嚙む。

「アーサー、ユーサー王が……ユーサー王が……」

王妃イグレーヌは大粒の涙を浮かべ、アーサーに向かって弱々しく手を伸ばす。

「ユーサー王はご乱心なされた。私は正気を失った王に引退を願い、新たに王座に就くのだ。私の愛するジュリが身ごもり、この国を救うための子どもを産む。故に私は即位し、ジュリを王妃に迎える。私が第二継承者であっても、この国を救う子どもを産むジュリを妃として迎え入れるのだから、私が王座に就《つ》けるはずだ」

モルドレッドは高らかに宣言して、ジュリを抱き寄せた。ジュリはねっとりとした視線でこちらを見て、赤い唇を吊り上げた。

「モルドレッド王、罪人が二人もこの広間を汚しております。私が退治してもよろしいですか」

ジュリはモルドレッドにしなだれかかり、よく通る声で言う。ランスロットが妖精の剣を構え、樹里をかばうように立つ。

「王に即位するには、王族の承認が必要だ。俺はお前を王と認めない」

アーサーがエクスカリバーを抜いて、無造作に歩きだした。ジュリは楽しげにさえ見える笑みを浮かべて樹里たちに近づいてきた。

「死んでしまえば承認など不要でしょう」

ジュリが手を伸ばして高い声で歌い始める。とたんに樹里は咽《のど》が苦しくなって、床に膝をついた。見えない力で首を絞められていた。何だ、これは！

「王妃様！　しっかりなさって！」

後ろではグィネヴィアが倒れた王妃イグレーヌを抱き起こしている。

「樹里様！」

妖精の剣でジュリの力を撥《は》ね返《かえ》しているランスロットは、倒れた樹里を心配して叫ぶ。首を絞められて息ができないと思ったが、ふいに後ろから柔らかな風を感じてかすかに息ができるようになった。咽を押さえながら後ろを見ると、マーリンが脂汗を流しながら杖を掲げ、低い声で歌っている。おそらく樹里たちを苦しめる魔術に対抗しているのだ。

「マーリン。あなたの力は私の敵ではない」

ジュリは狂気的な笑みを浮かべ、両手を伸ばしてくる。

「偽りの神の子よ、その腹に仕込んだものをさらすがいい」

唯一ジュリの術が効かないアーサーは、剣を両手に持ち、一気にジュリに駆け寄った。素早い動きでジュリの懐に飛び込んだアーサーは、剣を大きく横に振った。

ジュリの歌声がやんで、息苦しさから解放される。

「何……っ⁉」

ジュリの愕然《がくぜん》とした声がする。

アーサーの剣の切っ先は、ジュリの膨れた腹を割《さ》いた。ジュリは自分が傷つかないと思っていたようで唖然とした。その顔がサッと青ざめる。ジュリの腹から、黒い羽を持った鳥が何羽も飛び出してきた。それはまるで噴き出した血のようだった。天井に向けて飛び立った黒い鳥は、逃げるように窓から飛び去っていった。ジュリはよろめいて床に膝をつく。

「お前が孕《はら》んだものは子どもなどではない、悪意だ」

アーサーは剣をくるりと振って構え直すと、再びジュリに躍りかかった。アーサーの剣は迷いなくジュリに斬りかかった。ジュリは慌てたように身を引いたが、アーサーの剣が左腕を斬り落とした。ジュリの腕が床にどさりと落ち、左腕から流れる大量の血が床を汚す。

「ぎゃあああああ!!」

耳をふさぎたくなるようなジュリの叫び声が広間中に響いた。その声はくらくらするほど耳から脳を刺激した。樹里だけではない、その場の誰もが、とっさに耳を押さえて固まったほどだ。

「私の腕……っ、私の腕が……っ、うあああ……っ!!」

ジュリは真っ青になって、醜く顔を歪めた。ジュリの声はすごい大声というわけではないのに、叫ぶたびに行動が停止してしまうくらいこちらの感覚がおかしくなる。まともに立っていられないし、耳鳴りがキンキンして耳の奥が痛くてたまらない。あのマーリンでさえ、呪文を唱えられないくらい場がおかしくなっていた。

「ジュリ……」

モルドレッドは夢から醒めたような顔でジュリを見ている。

その時、廊下からいくつもの足音が聞こえてくる。

「アーサー王子、大変です！」

数名の騎士が青ざめて広間に駆け込んできた。第一部隊の騎士たちで、倒れた騎士の介抱をしていた者たちだ。先頭を切るのは、マーハウスだった。

「何事だ」

アーサーはジュリを油断なく見据えながら聞く。

「ま、魔女が……っ、魔女モルガンが王都に現れました……っ、街を破壊して、人々を次々に殺しています……っ」

マーハウスはこの世の終わりというような顔をして、恐ろしい知らせを告げた。

「何っ⁉」

さすがのアーサーも驚きを隠せず、剣を下ろして振り返る。そのわずかな隙をついて、ジュリは駆けだした。ジュリを斬りつけようとマーハウスは剣を振り下ろしたが、ふつうの剣ではジュリを傷つけることは叶わなかった。ジュリは騎士を払いのけ、広間を飛び出る。

「ジュリ、待ってくれ！」

モルドレッドがその後を追った。アーサーはすぐさま追いかける。樹里とランスロット、マーリンもその後を追った。

魔女モルガンがこのタイミングで現れるなんて、偶然というにも出来すぎている。どうなっているんだと樹里は混乱した。肩を並べて走っているマーリンも同じ気持ちだったらしく、その顔は強張っている。

「お前はここで倒す！」

アーサーの速さは風のようだった。剣を構えながら、階段をほとんど飛ぶようにしてジュリとの距離を縮めた。血を流して逃げ惑うジュリは、もう少しでアーサーに追いつかれそうになった。

「ぎゃあああ……っ!!」

アーサーの剣を避けるために、ジュリはモルドレッドの身体を引っ張った。アーサーの剣がモルドレッドの背中を斬りつける。モルドレッドは階段を転がり落ちて、痛みに悲鳴を上げた。アーサーは舌打ちして、ジュリを追おうとした。

その瞬間、地鳴りがした。

同時に、心の臓を握られたような恐ろしい声が耳元で響いた。

『アーサー王子よ、私の子を返してもらいます』

ふいに囁《ささや》かれた声は、どこから聞こえるのかまったく分からなかった。樹里だけではなく、その場にいた全員に聞こえたようだ。皆が怯えた様子できょろきょろする。アーサーは不快そうに眉根を寄せ、城を飛び出した。

『私の子にこれ以上手を出すなら、あなたの民を一人残らず塵《ちり》としましょう』

声は再び響いてくる。樹里は何だか胸騒ぎがして、アーサーの後を追った。アーサーは声に導かれるように城門まで駆けだした。

（あれは……っ）

樹里はどきりとして立ちすくんだ。

跳ね橋の向こうに一人の妖艶な女性が立っていた。長い黒髪に白い肌、豊満な胸、長い手足、見た瞬間、美しさに見惚《みと》れるような女性だ。だが、その顔を見た刹那《せつな》、樹里は凍りついた。

跳ね橋の向こうに立っているのは魔女モルガンだった。説明されなくても分かるくらい、恐ろしく邪悪な空気を漂わせている。モルガンの歩いてきた道は破壊され、草木は枯れ、人々の死体が山と積まれている。城門を守っていた衛兵は身体中から血を噴き出して倒れている。魔女モルガンに憐憫《れんびん》の情はいっさいなく、蟻を踏み潰すのと同じくらい簡単に人を殺《あや》める。

けれど、樹里が凍りついたのは魔女モルガンの残酷さのせいではない。

その顔が——自分の母親にそっくりだったからだ。

似ているどころではない、瓜二つ——まるで母までこの世界に紛れ込んでしまったかのようだった。そんなはずはない、母がいるわけがないと思っても、異様に似ている魔女モルガンの姿に血の気が引いた。

(どういうことだ⁉　俺とジュリだけでなく、母さんまでそっくりなんて——)

樹里は訳が分からなくなって、足ががくがくした。

魔女モルガンはジュリをちらりと見ると、たおやかな手を空に差し出した。

「母上……っ」

ジュリは助けを求めるように手を伸ばし、その場に膝をついた。するとジュリの身体が宙に浮き上がり、魔女モルガンの腕の中に吸い込まれていった。

「今回はこれで引きあげましょう。アーサー王子よ、しばし王座に酔いしれるがよい」

魔女モルガンは鈴を転がしたような美しい声で告げた。突風が起きた。樹里たちは巻き起こった砂塵《さじん》を避けるために、目を覆った。次に目を開いた時には、魔女モルガンの姿も、ジュリの姿も消えていた。

「まさか……っ」

アーサーが焦って跳ね橋に駆けだす。けれど魔女モルガンの姿は見つけられなかった。

恐ろしい沈黙が落ちた。魔女モルガンはわずかな時間しかいなかったのに、その場にいたすべての者に恐怖を与えていった。

「あれが……、魔女モルガン……」

アーサーはようやくエクスカリバーを鞘《さや》に収め、呻《うめ》くように言った。樹里は何も言えずに立ち尽くすしかなかった。

残された死体の山に、生き残った者たちは喜びを感じることができずにいた。

8 残酷な真実

Cruel truth

　魔女モルガンが襲った王都には、数々の破壊された家屋と多くの遺体が残った。運悪く魔女モルガンの通った道にいた者は、残酷な手法で殺された。勇敢にも立ち向かった騎士は一人残らず全身の骨を粉々にされた。馬は真っ二つに切り裂かれ、井戸の水は腐り悪臭を放った。魔女モルガンは恐ろしい魔力で王都に無残な爪痕を残したのだ。

　魔女モルガンとジュリが王都から消えても、民の心に恐怖は根づいた。けれど、立ち止まってもいられない。アーサーは持ち前の明るさでキャメロット王国の立て直しに奔走した。壊れた水路を直し、散らばった木々を取り払い、沈みがちな民を勇気づけた。

　モルドレッドは塔に幽閉されることになった。ジュリにそそのかされたとはいえ、国王《こくおう》弑逆《しぎゃく》の罪は重かった。それに、モルドレッドは以前とは別人のようになっている。目はうつろで、ずっとぶつぶつと意味不明の言葉を繰り返す。アーサーはモルドレッドを西にある塔に隔離し、命はとらないまでも罪人として扱うことにした。もっともモルドレッドが正気に戻らない限り、自分が罪人と気づくこともないだろうが。

　ジュリの魔術で操られていた者たちは、マーリンの作った気つけの薬で正気をとり戻した。城内の使用人まで操られていたため、全員を目覚めさせるのは大変な作業だった。王妃イグレーヌは一命をとりとめたが、精神的な疲労で臥《ふ》せっている。だが、いいこともあった。病気になっていた女性たちが次々と回復したのだ。宰相《さいしょう》のダンもすっかり元気になり、現場に復帰している。

ユーサー王の葬儀はしめやかに執り行われた。

ユーサー王の喪に服す間は、キャメロット王国全体が暗い影に覆われていた。亡くなる前の数週間はジュリに操られておかしくなっていたが、それまでの長い間、安定した統治を行っていたことは間違いない。

一ヶ月後に喪が明けると、アーサーの即位式が行われた。反対する者は一人もおらず、アーサーは即位式を無事終えた。王冠を頭上に掲げるアーサーは凛々《りり》しく、それによってキャメロット王国にようやく明るさが戻ってきた。アーサーは王の権限で樹里《じゅり》とランスロットに着せられた罪を取り消した。樹里は再び神の子として神殿に戻ることになったのだ。

アーサーの即位式に神の子として出席した樹里は、複雑な思いだった。王となったアーサーに喜びを感じる一方で、どうしても以前マーリンが言っていた未来の図が脳裏を過《よ》ぎるのだ。マーリンは未来を視《み》た。その時ユーサー王は死に、アーサーが王となっていたという。そしてアーサーは神の子に殺されたのだ。マーリンの未来図に近づいたようで、不安が増幅した。

「樹里様」

神殿に戻ると、神兵たちが出迎えてくれたのだが、その中に目を潤ませているサンがいた。サンは泣くのを堪《こら》えるように立っていて、樹里に近寄ろうとはしなかった。サンなりに樹里に対する罪悪感があるのだろう。樹里は自ら駆け寄って、サンを抱きしめた。

「サン、また俺の従者をやってくれよ」

樹里が明るく笑って言うと、サンがぽろぽろ涙をこぼして樹里を抱きしめ返した。樹里の足元にいたクロも、前脚をサンの身体にかけてべろべろと頬を舐《な》める。後ろではランスロットが微笑みを浮かべて見守っていた。

「やぁやぁ！　我々も真の神の子をとり戻せて幸せです！　私は最初から彼奴《きゃつ》は怪しいと思っておりましたぞ！」

ベイリンはひときわ大声で樹里が戻ってきたことを喜んでくれた。神兵の中で一番強いと評されているベイリンは、王様みたいな鬚《ひげ》を生やした手足の長い男だ。よくしゃべる陽気な男で、芝居がかった口調が少々うっとうしい。

「それにしてもまさか、彼奴が魔女モルガンの手先だったとは……、ああ恐ろしい！　不肖ながら神兵たちも彼奴の術にかかり、前後不覚になっておりました……。二度とこのような失態を犯さぬためにも鍛錬あるのみです！」

ベイリンは闘志を燃やしていて、神兵を鍛え直すと意気込んでいる。がんばってくれと棒読みで言い、樹里は久しぶりに自分の部屋に向かった。階段を上り終えて廊下を歩いていると、ランスロットがふっと緊張を滲《にじ》ませて樹里の前に立つ。

樹里の部屋の前に、ガルダが立っていた。

ガルダは樹里をこの世界に呼んだ男だ。この神殿の神官長であると同時に、魔女モルガンの子どもとして動いていた。今のガルダはアーサーにより神官長の職を解かれている。マーリンがそうすべきとアドバイスしたのかもしれない。本来ならこの神殿にいてはならない立場だ。

「ガルダ……」

樹里は自分を守るように立つランスロットに首を振った。ランスロットは心配そうなそぶりで、道を開けた。ガルダは会わない間にひどく痩《や》せてしまったようだった。頬がこけ、顔色がよくない。深緑色のマントを羽織り、旅支度をしていた。

「樹里様……、どうか少しだけお時間をいただきたい。私はもうこの神殿を去らねばなりません」

ガルダは膝を折り、頭を下げて請う。サンも涙目で樹里を見る。

「いいよ、俺もガルダと話したいと思ってた。サン、お茶を淹《い》れてくれよ」

樹里は軽い口調で言って、先に部屋に入った。部屋の中は以前よりひんやりしていた。単に季節が冬に近づいているせいだろうが、ジュリがしばらく使っていたせいにも思えた。窓を開けて、外の空気を入れる。別の部屋を使うという選択肢もあったが、慣れたこの部屋に戻りたかった。

サンはすぐさま温かいハーブティーを淹れてくれた。

「ガルダ、お前は最初から俺を陥《おとし》れるつもりでこの世界に呼んだのか?」

樹里は椅子に座り、入り口で立ったままのガルダに尋ねた。ランスロットは樹里の背後に回り、ガルダがおかしなことをしたらすぐ動けるように待機している。クロはガルダの傍に伏せていた。

金色の目が油断なくガルダを見ている。

「違います! 私は……っ」

ガルダは反射的に大声を上げたが、すぐに落ち着きを取り戻し、うなだれた。

「今さら信じてもらえるかどうか分かりませんが、私はあなたを陥れるつもりはなかった。あなたを守ろうとしていたのも本当です。ジュリ様が……、いえ、もういろいろご存じでしょうね。私の弟のジュリが、あのような真似をするとは思ってもみなかったのです」

ガルダは諦めたように言って樹里を見つめた。どこか荒《すさ》んだ空気を感じとり、樹里は切なくなった。ガルダはこの世界に来た時から樹里を守ってくれた。だからジュリに偽物と誹《そし》られた時、ガルダに見放されたのは本当にショックだった。

「私と兄のマーリンは母モルガンに命じられて、王都にやってきた。私はみそっかすで、母も大した期待はしていないのです」

ガルダは疲れたように椅子に腰を下ろし、部屋の隅に視線を投げた。

「私たちの使命はジュリがお披露目の儀式を終えた後、キャメロット王国を滅ぼすための手助けをすることでした。母モルガンは、王宮と神殿には入れないので、我々が手足となって動くしかないと」

さばさばとガルダが衝撃の事実を明かし、ランスロットとサンは樹里以上に驚いた。特にサンは小さな身体を震わせてガルダを見ている。

「ガルダ様……、そんな恐ろしいことを……」

サンは自分の主《あるじ》の言っていることが信じられないようだ。

「サン、お前にはすまないことをした。樹里様、サンは何も知らなかったのです。どうか、サンにはお咎《とが》めなきよう」

ガルダはサンを見やり、悲しげに言った。

「僕は……僕はジュリ様を尊敬していました……。優しくてたおやかで、聡明で……、そのジュリ様がどうしてあんなふうに変わってしまったのか……あんなに恐ろしい人になるなんて」

サンは悔し涙に暮れる。ガルダの憐《あわ》れむような眼差しを見て、ジュリは変わったわけではなく本来の自分を隠していたのだと、樹里には分かった。だがそれを伝えるにはサンは幼く、可哀想だと思ったのだろう。ガルダはかすかに首を振った。

「兄であるマーリンが母モルガンを裏切ったのは大きな驚きでした。母モルガンの恐ろしさを誰よりも知っているはずなのに……。ジュリが死んでしまい、私は母モルガンに助けを求めました。母モルガンはあなたをこの国に連れてくるようにと……。私はジュリが本当に死んでしまったと思っていたので、これでもうキャメロットを滅ぼす話はなくなったのだと思い込んでいました。まさかジュリが生き返り、あのようなことになるとは……」

ガルダは淡々とすべてを明かしてくれた。樹里はそこに嘘はないと感じた。ガルダが嘘をついていたのは事実だが、自分を陥れる気はなかったと知り、傷ついた心が少しだけ癒された。

「ジュリはあなたを殺す気はないと言っていた。だから私はそれを信じて静観するしかなかったのです。卑怯者と言われても仕方ない……申し訳ありませんでした」

ガルダはうつむいて申し訳なさそうに言った。

「ガルダ、これからどうするんだ？」

樹里はガルダに今後について尋ねた。ガルダは苦笑する。

「エウリケ山に戻ります。それ以外に道はありません」

樹里は思わず身を乗り出した。

「俺を助けるために、ここに残ればいいじゃないか！」

樹里が大声で言うと、ランスロットが樹里の肩を掴んだ。それはよくないということなのだろうが、樹里としてはガルダにもマーリンと同じような道を歩んでほしかったのだ。

けれどガルダは首を横に振った。

「私は母モルガンの手から逃れられない……、ここにいてはならないのです。それに私は……最後に課せられた仕事をしなければ……」

ガルダはマントをめくり、一枚の鏡を取り出した。楕円形《だえんけい》の手鏡だ。ぎくしゃくとした動きで、それを樹里に差し出す。

「これを……あなたに見せよと……お許し下さい」

あえぐようにガルダが呟き、樹里の前に鏡を置いた。つられるようにそれを覗き込んだ樹里は、びくっとして身を硬くした。

『樹里……私の可愛い子』

鏡の中に、魔女モルガンがいたのだ。母と同じ顔、同じ声——樹里は恐怖で背筋に冷たいものが走った。

「こ、これは……」

樹里は椅子をひっくり返して立ち上がり、顔を歪めた。後ろにいたランスロットがいぶかしげに樹里を覗き込んできた。

「どうなされましたか？　真っ青ですよ」

ランスロットは鏡と樹里を交互に見て、不安げに聞く。ランスロットには鏡の中にいるモルガンが見えないのだ！　樹里は胸が高ぶり、緊張で息苦しくなる。

『これはお前にだけ見えるものです。ほほほ、驚いた顔をして。無理もない、お前は何も知らずにいたのでしょうからね。樹里、恐ろしい魔女モルガンと自分の母親がそっくりで驚いているのでしょう。偶然と思っているのですか。この世に偶然などというものはありません』

魔女モルガンは樹里の望みを断ち切るように言った。樹里は鏡を凝視して、声も出せずにいた。何故、魔女モルガンは樹里に話しかけてくるのか——その理由を考えると恐ろしさに震える。

『私は自分の身をより強固にするために、魂分《たまわ》けの秘術を使ってもう一人の自分を作ったのです。仮にこの世界で私が殺されようとも、再び生き返ることができるようにね。そして同じように、私の可愛い息子、ジュリも魂分けしました。それがお前……、もう一つの世界の樹里……。お前は私の子どもでもあるのです』

魔女モルガンのもたらした事実に、樹里は意識が遠のきかけた。自分とジュリは偶然同じ容姿をしていたわけではなかった……。すべては魔女モルガンの秘術から生み出された……。

「う、嘘だ……っ‼」

心のどこかでは真実だと分かっているのに、樹里は逃れるように叫んだ。ランスロットやサン、クロもびっくりしている。

『嘘ではありません。お前はもう分かっているはず。お前の中には私の血が流れてますからね。何か特別な術が使えるでしょう？　お前には私の血が流れている、できないはずがありません』

魔女モルガンは真っ赤な唇の端を吊り上げて言った。脳裏にアーサーの傷を治した時のことや妖精と話せた時のことが頭を過ぎった。どうして自分にできるのだろうと疑問だったのだ。

それはすべて――。

『樹里、私の可愛い子。お前は魔法の剣を見つけましたね』

目眩《めまい》がして立っていられなくなった樹里に、魔女モルガンは優しく囁《ささや》いた。

『あれは私にとって脅威となる剣。あの剣だけが私やジュリを傷つけることができるのです。樹里、あの魔法の剣をアーサー王から奪って私のもとに持ってきなさい』

耳に心地よい魔女モルガンの声に、樹里はようやく我に返った。

「するわけないだろう！　そんなこと！」

樹里は怒りに任せて怒鳴った。やはりエクスカリバーは魔女モルガンを倒すための剣なのだ。そんな大事なものをアーサーから奪えるはずがない。突然怒鳴った樹里をランスロットが不安げに見つめる。

『あの剣でアーサー王が私を斬れば、先に死ぬのはお前の母親です』

魔女モルガンが、恐怖の言葉を放った。樹里は顔面蒼白になった。今、何と言った……？

『同じようにあの剣がジュリの命を奪った時、まず死ぬのはお前です。魂分けというのはそうい

う秘術なのです』

樹里はへなへなとその場に崩れた。頭が真っ白になり、まともに考えられない。ジュリを殺したら死ぬのは自分……？　魔女モルガンを殺したら、死ぬのは母さん……？

「で、でもジュリは……っ」

ジュリは仮死状態だった。あの時、樹里はぴんぴんしていた。樹里は抗うように立ち上がり、鏡を睨《にら》みつけた。

『言ったでしょう、魔法の剣だけが私とジュリを傷つけられると。マーリンの呪術は強力でしたが、生き返ることが可能でした。お前が生きている限り、ジュリは少しずつ力をとり戻すことができたからです。今回、ジュリを殺していたら、お前もとっくにこの世にはいなかったのですよ。幸運でしたこと』

魔女モルガンが高らかに笑った。母と同じ顔とは思えないほど憎々しげだ。

『よいですね、樹里。魔法の剣を奪うのです。お前とお前の母親が生きるためには、それしかないのですよ』

呪いの言葉は樹里の胸に深く突き刺さった。それに対して言い返そうとした瞬間、鏡の中から魔女モルガンは消えた。何度目を凝《こ》らしても、そこにはただの鏡があるだけだ。

「どうなさったのですか、何があったのですか？」

ランスロットは理解できないという表情で樹里を気遣ってくる。戦慄《せんりつ》が走り、樹里はガルダを見返した。ガルダには何かが見えていたのか、沈痛な面持ちで頭を下げる。

「さようなら、樹里様、サン。これまでありがとう」

ガルダはそっけなく呟き、サンの淹れたお茶に口もつけずに出ていった。残された樹里は手鏡を壁に投げつけた。鏡は音を立てて割れ、辺りに破片が散らばる。サンはおろおろしている。

「樹里様、どうなさったのですか！　鏡の中に何が見えたのですか⁉」

ランスロットが樹里の肩を揺さぶり、焦ったように詰問してくる。樹里はそれに答えられなかった。血の気を失って、ひたすら黙り込むしかなかった。


魔女モルガンの恐ろしさを、思い知らされた。

王都がどれほどの破壊行為を受けたとしても、樹里にとってはどこか他人事《ひとごと》だったのかもしれない。ここは樹里のいるべき世界ではないし、いずれ自分は元いた場所に戻るからだ。

けれど、そうではない。そうではなかった。

自分という人間が生まれた理由、意味、何もかもがひっくり返された。父や母と過ごした穏やかな時間や母との暮らしで得たものすべてが、魔女モルガンによって踏みにじられた。自分と母親はしょせん魔女モルガンの作ったストックでしかなかったのだ。

この国に来てどうして言葉が理解できるのだろうと不思議に思ったことはある。妖精の言葉が聞こえたり、アーサーの怪我《けが》を治したり、クロが神獣だったのも今思えばモルガンの仕業だったのかもしれない。ただ容姿が似ているだけにしては不審な点が多すぎたのだ。そういえば妖精王も奇妙なことを言っていた。樹里のことを神の子と同じ魂を持つ者だと……。

（俺が……ジュリと同じ……）

樹里は自分の手のひらを見つめた。エクスカリバーを見つけた時のことを思い出した。あの時樹里は必死になってエクスカリバーを岩から抜こうとした。後で見ると手は血だらけだった。あの時の怪我はずっと治らず、妖精王が治してくれるまで血が滲んでいた。つまり、あの剣は自分の命を奪う剣——柄《つか》を握っていただけで血が滲むほど、恐ろしい剣だったのだ。そうとも知らず、エクスカリバーを見つけたと浮かれた自分が馬鹿みたいだった。

樹里は寝ないで考えた。

手足は冷え、絶望的な気分になっていた。牢《ろう》に入れられた時も絶望を感じていたが、今はその比ではなかった。息苦しくて、胸の辺りに黒く気持ち悪い塊《かたまり》が乗っかっているみたいだ。

マーリンは時を渡り、未来を視てきた。そこでアーサーは神の子に殺されたという。

これまで樹里はそんなことが起きるはずがないし、起きたとしても神の子はジュリだと疑わなかった。だが、ここに来てある可能性に気づいてしまった。

自分は、自分の命をとられても、受け入れられるだろう。

だが、母の命を天秤《てんびん》にかけられたら、どうなるか分からない——樹里にとって母は自分の命より大事な人だ。女手一つで育ててくれた母を愛しているし、どんなことがあっても守りたい。そんな自分が、母を人質にとられたら、アーサーに剣を向けるかもしれない。アーサーに剣を向けると考えただけで胸が苦しくなってくるが、母を殺されるわけにはいかないのだ。

（アーサー、俺……）

どんなに考えても、母を殺されるのだけは耐えられない。母を失ってしまったら、どうすればいい？　寿命で死ぬのは仕方ないが、魔女モルガンの代わりに死ぬなんて、絶対に認められない。

（母さん！）

樹里はいてもたってもいられず、ベッドから起き上がり、黒いマントを羽織った。クロが耳をぴくりとさせて、のっそりと眠りから覚めた。隣の部屋に行くと、サンが寝《ね》ぼけ眼《まなこ》で起き上がる。

「樹里様、どうされたのですか？」

サンは不安そうな顔で立ち上がろうとした。それを制して、樹里は寝ているようにと囁いた。

「ちょっとアーサーの顔を見に行く……朝まで帰らないから」

樹里は無理に笑顔を作り、淫靡《いんび》な気配を漂わせた。サンは子どもながらに分かったようなふりをして頷いた。樹里は部屋を出た。廊下にはランスロットが立っていて、部屋を出てきた樹里に眉根を寄せる。

「樹里様、このような真夜中にどうされましたか？」

ランスロットは樹里を部屋に押し戻すようなそぶりをした。

「アーサーのところに行きたいんだ。身体が火照《ほて》って」

樹里はランスロットを傷つけると分かっていながら、艶《つや》めいた声を出した。自分でも信じられないのだが、腹が決まったとたん、偽りの自分を演じることができた。大それたことをやり遂げるために、自分の心は押し殺すしかないと悟った。ランスロットは悲しげに目を伏せた。樹里が歩き出すと、ランスロットとクロがついてくる。

樹里は神殿を出て、王宮の入り口に向かった。一歩歩くごとに、肩の荷物が重くなっていく気がした。本当にやるのか、まだ間に合う、やめておけ。頭の中でそんな声がこだまする。樹里はその声をことごとく無視した。

神殿と繋がっている門の前に来た。衛兵は樹里を見て、敬礼する。

「アーサーに送ってもらうから、ランスロットはもう帰っていい。どっちみち帰るのは明日になるから」

樹里はそっけなく言った。ランスロットは物言いたげだったが、分かりましたと頭を下げた。

樹里はクロを伴って王宮に入った。樹里はアーサーの即位式が終わるまで、ずっと王宮の部屋を借りていたので、衛兵たちも通行を咎めない。樹里は自分の足に鉛がついているようだと思いながら、アーサーの部屋を目指した。アーサーは王になっても以前と同じ部屋を使っている。

「樹里様。今、アーサー王をお呼びします」

樹里の姿にアーサーの部屋を守っていた衛兵が、取り次ぐ。ややあって扉が開かれ、樹里はクロと一緒にアーサーの部屋に足を踏み入れた。

「樹里、どうしたんだ？　今日から神殿で暮らすと言っていたのに」

アーサーはゆったりした衣服を身にまとい、酒を飲んでいたようだ。壁には愛用の剣とエクスカリバーがかかっている。樹里はクロをドアの近くに待たせ、アーサーに近づいた。

「アーサー……、俺……」

何か言おうとしたのだが、アーサーの顔を見たとたん、急に泣けてきて大粒の涙が盛り上がった。びっくりしたようにアーサーが樹里を抱きしめる。

「どうしたんだ？　何かあったのか？」

アーサーは樹里の頰を撫で、心配そうに額をくっつける。今から自分がしようとしていることの罪の重さに、樹里は申し訳なくてアーサーにしがみつくことしかできなかった。

「怖い夢を見たんだ……」

樹里はアーサーの厚い胸板に顔を埋《うず》め、絞り出すように言った。

「俺がいるだろう？　何も怖くはないさ」

アーサーはふっと微笑み、樹里の目尻からこぼれる涙を舌ですくう。樹里が唇を寄せると、すぐに唇が重なり、優しく吸われる。アーサーはキスをしながら、樹里の肩からマントを脱がせた。一枚布を腰ひもで留めたような服しか着ていなかったので、樹里はいくぶん寒さを感じた。アーサーは樹里を軽々と抱き上げると、ベッドに下ろした。アーサーは樹里の髪を搔き上げ、じっと見つめてくる。

「そんなに怖い夢だったのか？　何だか悲しそうだ」

労《いたわ》るようにアーサーが樹里の額にキスをする。アーサーは鼻先にもキスをして、樹里の唇を吸ってきた。樹里が誘うように唇を開けると、舌を絡めてくる。

「ん……」

アーサーの手が樹里の身体をまさぐってきた。大きな手が腰ひもを外し、裾をまくり上げる。アーサーの手は焦らすことなく樹里の下肢に触れる。

「あ……」

アーサーの手で性器を包まれて、樹里はかすかに身をよじった。アーサーは樹里の性器を軽く扱《しご》きながら、樹里の首筋を吸う。アーサーの身体が重なってきて、樹里は熱い吐息をこぼした。

樹里はアーサーの髪に手を入れ、さらさらの髪を撫でた。アーサーは色っぽく笑って、上半身を起こす。衣服がまくられたと思う間もなく、樹里は両足を持ち上げられた。

「ま……っ、待って」

両足を折り曲げられ、下肢が露《あらわ》にされる。すでに性器が芯を持ち始めていて、恥ずかしい。樹里が頬を赤くして嫌がると、アーサーが尻に甘く歯を当てる。

「アーサー……っ」

樹里はうろたえた。アーサーは樹里の尻たぶを広げ、わざときつく吸ったり揉んだりしてきた。いつもアーサーを受け入れる場所がひくひくしてきたのが分かり、無性に恥ずかしくなる。

「お前のここが濡れてきた」

アーサーが樹里の尻のすぼみに指を入れて囁く。本当に自分の身体はどうなってしまったのだろう。アーサーが指を入れるまでもなく、そこが柔らかくなっているのが分かる。まるで内部を弄《いじ》られるのを待っているかのようだ。現にアーサーが指を入れたとたん、ぐっと性器が反り返ったのが分かった。

「あ……っ、あ……っ」

アーサーが中に入れた指を動かすと、自然に甘い声が漏れる。樹里は目を潤ませ、不自然な格好で身悶《みもだ》えた。アーサーは樹里の尻をきつく吸いながら、根元まで入れた指で内部を掻き回す。

「ここは抱くほどに馴染《なじ》んでいく……、俺に愛されて嬉しいようだ」

アーサーは艶めいた声で言う。アーサーはあっという間に樹里の身体を開き、熱を伝えてきた。樹里は気づいたら敷き布を乱し、息を詰めていた。アーサーは樹里の尻のすぼみを両方の指で広げる。

「や……っ、ぁ……っ、そ、それ、やだ……っ」

広げた内壁にアーサーが舌を潜らせてきたので、樹里は焦って高い声を上げた。アーサーの舌が中に入ってくると、ぞくぞくっと背筋を強烈な感覚が這い上がってくる。嫌だと言っているのに、アーサーはぬぐぬぐと舌を内部で動かしてくる。

「アーサー……っ、やだって、言って、る……っ、あ……っ」

樹里はじたばたともがいて体勢を変えようとした。けれどアーサーががっちり腰を抱え込んで身動きがとれない。アーサーはさんざん樹里の尻のすぼみを唾液で濡らした。

「ひ……っ、く、ぅ……っ」

樹里は爪先を揺らして、熱い息を吐きだした。ようやくアーサーがやめてくれた頃には、性器からしとどに蜜があふれていた。

「見ろ、すごい感じている……、ほら、ぐちゃぐちゃだ」

アーサーがうっとりしたように、樹里の内部に三本の指を入れてきた。アーサーが言った通り、指が動くたび、卑猥《ひわい》な水音が聞こえる。樹里は息を荒らげて、敷き布に頭を擦りつけた。アーサーは抱え込んでいた樹里の足を解放し、とろんとした樹里から衣服をはぎとった。ついでアーサーも着ていたものを脱いで床に放り投げる。

「こっちも可愛がってやらないとな」

アーサーが裸になって重なるように横たわり、樹里のつんと尖《とが》った乳首を撫でた。すっかりそこでの快楽を覚えた樹里は、アーサーの指に弾かれて、仰《の》け反《ぞ》った。

「少し大きくなったんじゃないか？　いやらしい乳首だ」

アーサーがからかうように樹里の乳首を弄《もてあそ》ぶ。樹里は真っ赤になって首を振った。アーサーは樹里の乳首を美味そうに口に含む。舌先で転がされて、樹里は切ない声を上げた。

「あ……っ、ひゃ……っ、ぁ……っ」

舌先で激しく弾かれ、無意識のうちに腰が揺れる。アーサーは脇腹を撫で、濡れた性器からこぼれる蜜を腹の辺りに塗りたくった。樹里は我慢できなくなって、アーサーの首を抱えた。

「アーサー……っ、も、い……入れ、て」

こんなこと言いたくなかったが、後ろが、ジンジンして仕方なかった。じれったくてもどかしくて、もっと激しい快楽が欲しくなる。

「俺ので貫かれたい？」

アーサーは意地悪く耳元で尋ね、両方の乳首を引っ張る。乳首を引っ張られてぐりぐりされる

と、腰にダイレクトに響いた。樹里はびくっ、びくっと身体を震わせ、小刻みに頷いた。

「ほ……、欲し、い……」

樹里はかすれた声で言った。アーサーの目に強い光が宿り、樹里の身体はベッドにうつぶせにさせられた。アーサーは強引に樹里の腰を持ち上げると、柔らかくなった尻のすぼみに硬くなった性器の先端を押し当てる。

「不思議だ、お前の肌はこんなに甘かっただろうか……？　こんなに心地よかっただろうか？　吸いつくような肌をしているのが分かるか？　抱けば抱くほどお前の肌は柔らかくなる」

アーサーは息を整えつつ、腰をゆっくりと進めてきた。

「はぁ……、あ……っ、あっ、あっ」

アーサーの大きなモノがどんどん内部に入ってくる。それは樹里の身体に馴染んでいて、吸いつくようだった。満たされた思いでいっぱいになり、樹里は涙を滲ませた。

「奥まで呑み込むようだ……、はぁ……、お前の中は最高に気持ちいい」

アーサーは一気に奥まで性器を押し込んできた。その感覚が強烈で、樹里は大きく仰け反った。

「ひあぁ……っ!!」

性器から白濁した液体が噴き出し、樹里は腰を悶えさせながら肘をついた。挿入があまりに気持ちよくて、射精してしまったのだ。自分でも信じられなくて、全身がわななく。

「入れただけで吐精したのか……？　そんなに気持ちよかったんだな、樹里……」

アーサーも息を乱し、愛しげに樹里の腰を撫で回す。樹里はそのたびにひくついて、足を震わせた。アーサーは樹里の腰に手を当て、ゆっくりと律動してきた。

「ほら……、いやらしい音を立てているのが分かるだろう」

アーサーはわざと繋がった場所から音が出るよう、腰を動かし始める。濡れた音が響いて、樹里は目眩を感じた。アーサーの性器の張った部分が奥を擦りつけると、ひどく気持ちよくて腰が勝手に揺れてしまう。樹里が感じれば感じるほど、奥は濡れて、繋がった場所から蜜があふれ出してきた。

「あ……っ、ひ、あ……っ、アーサー、俺、や、ば……っ、あー……っ」

樹里は甲高い声を上げながら、腰を振った。アーサーが奥の一番深い場所を突いてくると、理性が吹っ飛んで顔がだらしなくなる。イったばかりなのにまた快楽の波が押し寄せてくるし、突き上げてくるアーサーの性器を無意識で締めつけているのも分かる。

「ああ……、中がびくびくしているのが分かる……、感じているんだな、可愛いぞ」

アーサーは熱っぽい息をこぼして、腰を打ちつける。自分ばかり乱れているようで恥ずかしいが、高ぶった快感は止められなかった。

「あー……っ、あー……っ」

樹里は乱れた声を室内に響かせた。樹里の声に煽《あお》られるように、アーサーが突き上げてくる速度があがった。

「く……っ、はぁ……っ、はぁ……っ」

アーサーは激しく腰を穿《うが》ち、樹里に重なってくる。アーサーが前に回した手で乳首を摘み、強めに引っ張ってきた。

「やぁ……っ、あっ、あっ、あっ」

乳首を弄られて、樹里は身体をくねらせた。そこへアーサーがずんと腰を押し込んでくる。アーサーは奥へ入れた性器をぐりぐりと掻き回してきた。

「そ、れ、駄目……っ、あー……っ、やー……っ」

樹里は身悶えるように首を振った。

「中に出すぞ……っ、樹里……っ」

アーサーは樹里の腰を抱え直し、断続的に奥を穿ってきた。内部でアーサーの性器が膨れ上がり、射精したのが分かった。樹里はその感覚にすら感じてしまい、引《ひ》き攣《つ》れた声を上げる。

「や……っ、また、イっちゃ……っ」

樹里はびくびくっと全身を震わせ、二度目の射精を迎えた。奥に銜《くわ》え込《こ》んだアーサーをきつく締めつけ、最後の一滴まで搾り取ろうとするかのように収縮しているのが分かる。樹里は喘《あえ》ぐように呼吸を繰り返し、生理的な涙をこぼした。

アーサーが繋がったまま抱きしめてくる。その熱い肌に溺れ、樹里は何もかもを忘れ、アーサーの身体にのめり込んだ。

何度も身体を重ねると、アーサーはぐっすり眠り込んでしまった。

樹里は疲れた身体を厭《いと》いつつ、物音を立てずにベッドから下りた。アーサーが起きないようにと願いながら、壁にかかったエクスカリバーの前に立つ。激しい鼓動にアーサーが起きるのではないかと震えた。

樹里は台座の上にかかっていた織物を引っ張り、それでエクスカリバーを包んだ。急いでマントを羽織り、布に包んだエクスカリバーを抱えて入り口に急ぐ。クロは樹里が抱かれている間ずっと入り口のところで伏せていたが、樹里が荷物を抱えてくると、ぴんと耳を欹《そばだ》て、咎めるように樹里を見た。

樹里はクロが騒ぎ出さないようにと祈った。そっとドアを開ける。アーサーは熟睡しているのか目覚める様子はない。

（ごめん、アーサー。本当にごめん）

樹里は意を決して、ドアから出た。クロも静かについてくる。

エクスカリバーはマントの中に隠した。マントが長かったので、人目につかないのは幸いだ。

樹里が衛兵の前を通ると、衛兵が敬礼する。樹里はうつむくようにして廊下を急いだ。

樹里は広い王宮を急ぎ足で進んだ。階段を駆け下り、心臓が緊張で口から飛び出そうだと思いながら平然とした態度を装う。この国の王から魔法の剣を盗む自分は、今度こそ処刑されても仕方ない罪人になる。それでもやるしかなかった。

「樹里様、お一人ですか？」

王宮の入り口を守る衛兵にいぶかしげに聞かれ、樹里は無理に笑みを浮かべた。

「神獣がいるから大丈夫だよ。すぐそこだし」

樹里がクロを見て言うと、衛兵も納得したように敬礼する。

誰にも咎められることなく、樹里は王宮を出た。ランスロットがいたらどうやってごまかそうかと思っていたが、幸い姿は見えなかった。外に出ると、真っ暗闇だ。空を見上げると、二つの月が雲に隠れていた。

樹里はフードを深く被り、闇にまぎれた。この暗さなら、少し離れると視界が利《き》かなくなる。樹里はクロの背に乗り、抱きつくような格好になった。

「クロ、ラフラン湖まで行ってくれ。できるな？」

樹里は思い詰めた声でクロの耳に囁いた。クロは金色の目を光らせ、すぐさま風のように走りだした。クロは夜行性なのか、この暗闇でも平気ですごいスピードを出して走る。

樹里は必死になってクロにしがみついていた。

クロのスピードは車と同じくらい速かった。あっという間に王都を駆け抜け、暗闇の草原を飛ぶように移動した。クロは樹里の考えていることが分かるのかもしれない。樹里が何をしようとしているのか、きっと理解している。

魔女モルガンにエクスカリバーを渡すことは絶対にできなかった。

そんなことをしたら、キャメロット王国は本当に滅び、アーサーもいずれ殺されてしまうだろう。だからといって、このままアーサーが魔女モルガンを倒すのを見ているわけにもいかなかった。自分はともかく、母を殺されるのだけは絶対に認められない。母を助けるためだったら、どんなことでもする。たとえアーサーを裏切ることになっても、大事な母を守らなければならない。

だから樹里はこのエクスカリバーをアーサーの手の届かない場所に隠すことに決めた。

樹里はエクスカリバーを持って、自分の世界に帰るのだ。本当に帰れるのかどうか、自分の世界に戻ってこの剣をどこに隠すかはまだ決めていない。それでも今、樹里には、この方法以外考えられないのだ。

樹里はクロにしがみついて移動した。

朝日が昇る頃、だいぶ王都から離れたのもあって休憩をとった。クロは五、六時間走り続けたせいで、川の水を浴びるように飲んでいる。樹里も川で汚れた下肢を洗った。川の水は冷たくて凍えるようだったが、罰を受けているつもりで耐えた。

クロは樹里を乗せて休みなく走り続けた。

食料も水も何一つ持ってこなかったので、途中で空腹を覚えたが、一刻も早くラフラン湖へ行かなければとそればかり考えていた。

再び日が沈んで、夜空に三日月が二つ並んだ頃、クロは驚異の速さでラフラン領に足を踏み入れていた。ここまで来れば後は少しと、樹里はようやく果実のなる木々から実をもぎ取り、クロと一緒に空腹を満たした。

ずっと寝ていないので、ひどい疲労感に襲われる。アーサーに申し訳ないし、ランスロットやサン、自分を信じているキャメロットの民にも顔向けできないことをしてしまった。まさかこんなことになるなんて、思いもしなかった。アーサーを好きな気持ちは本当だし、魔女モルガンを憎む気持ちも確かなのに。

「クロ……」

大木にもたれて休んでいると、クロが長い舌で樹里の顔を舐める。

「クロ、うちに帰ろう。お前、ラフラン湖で猫に戻れよ。そのままじゃ帰れないし、帰っても動物園に連れていかれるぞ」

樹里はクロの慰めに涙を滲ませた。クロは分かっているのかいないのか、前脚で顔を擦っている。そろそろ行こうと思った時、クロが疲れた様子で伏せて寝てしまった。ずっと走らせ続けたので、起こすのは忍びない。一時間くらい寝かせてやろうと樹里はクロの毛を撫でていた。撫でているうちに、猛烈な眠気に襲われた。少しだけ、と思い目を閉じる。

——ふいに肌がぴりりとした。空気が変わったというか、風も吹いていないのに、何か圧倒的な力が押し寄せてくるのを感じた。樹里は周囲を見渡した。いつの間にか自分は眠っていたらしく、辺りは明るくなっていた。木々の葉が揺れ、落葉が円を描いて舞う。生き物の気配が周囲から消え去った。だが、それは邪悪な感じではなかった。生き物たちが恐れをなして道を開けたような、そんな特別な気配を感じる。

白い靄《もや》の中、光り輝くものが木々の間から近づいてきた。目を凝《こ》らして見ると、髪の長い男性がゆっくりと歩いてくるのが見える。樹里はどきりとして腰を浮かした。膝まで伸びた長い髪を揺らして、白く整った顔立ちの男性が樹里を見つめる。頭上には荊《いばら》の冠、尖った耳、聡明な光を宿した碧色《みどりいろ》の瞳をしている——妖精王だ、と樹里は心臓を素手で摑まれた気がした。

「お前はどこへ行くつもりだ」

妖精王は樹里の前に立ち、静かな声で尋ねてきた。妖精王の声は二重にも三重にも重なって聞こえてきた。樹里は答えようとして、マントの下に隠したエクスカリバーをちらりと見た。妖精王に隠しても無駄なことは分かっていた。だが、ここで止められるわけにはいかない。

「その剣……、どうするつもりだ？」

妖精王は重ねて聞いてきた。樹里は観念した。クロは妖精王が目の前にいるというのに、すやすや寝ている。

「これは……アーサーに渡すわけにはいかないんです。これがあると魔女モルガンやジュリを倒してしまう……、だから……俺は」

樹里は必死に言葉を探しながら答えた。妖精王は黙って樹里を見下ろしている。

「お前はあの邪悪なものを殺したいと言っていたのではないか？」

妖精王は淡々と尋ねた。その言葉は樹里の胸を深くえぐった。確かに樹里は以前、妖精王と話した時、それを肯定した。

「し、知らなかったから……っ、魔女モルガンを殺したら、俺の母さんまで死ぬなんて思わなかったから!!　妖精王、俺の命はどうでもいい、でも、母さんを殺させるわけにはいかないんです！」

樹里は顔を上げ、大声で訴えた。妖精王からすればきっと自分勝手な感情だと思うだろう。だがあの時と今とでは状況が変わってしまった。これが偽りのない樹里の本心なのだ。

樹里の言い分に、妖精王は眉一つ動かさなかった。碧色の瞳は何もかもを見通しているようで、樹里は初めて恐ろしいと思った。

「……その剣は私が預かろう」

妖精王は細く美しい指を動かした。ハッとする間もなく、樹里のマントの下からエクスカリバーを包んだ布が宙に浮かんだ。布が解かれ、エクスカリバーが現れたかと思うと、瞬時に妖精王の手に収まった。

「妖精王……」

樹里は手を伸ばし、それを取り返そうとした。けれどすぐにうなだれた。魔女モルガンの手に渡らないようにするには、妖精王に預かってもらうのが一番いいのかもしれない。

「私はお前が存在し始めた時から知っている」

顔を上げられずにいる樹里に、妖精王が語りかけてきた。そういえば以前も妖精王はそんなことを言っていた。

「魔女モルガンが禁忌の術を使ってもう一人の自分を作った。魂分けの術はこの世にあってはならない術。生物の理《ことわり》を壊して生まれてきたお前とお前の母親は、本来なら今すぐにでも無に帰すべき存在だ」

妖精王の言葉は樹里に強烈な感情を呼び起こした。自分たちが生きていることは許されないと言われた気がしたのだ。ショックで身体が震え、咽《のど》が渇き、唇が冷たくなる。

「だが……禁忌の術でも生まれたことに意味はあった。生物の理を超えて、お前たち親子は生物の世界に順応した。特にお前は……」

妖精王が静かに歩み寄ってきた。樹里はびくりとしてクロにしがみついた。妖精王は膝を折って樹里に顔を近づけた。目の前に迫ってきた妖精王の迫力がすごくて、樹里はひたすら固まっていた。

妖精王の瞳は吸い込まれるようだった。圧倒的なオーラに動けず、樹里は歯を食いしばった。このまま存在を消されるのではと不安になった頃、妖精王の手が樹里の頭の上に乗せられた。身体の疲れや痛みがスーッと消えていく。

「お前は神の子なのだな」

妖精王は手を離し、意味不明の言葉を投げかけた。樹里がその意味を聞き返そうとすると、もう遠く離れた場所にいる。

「この剣は時が来たらアーサーに返そう」

妖精王は短く告げると、背中を向けた。妖精王の姿がどんどん光に包まれ、宙に浮いていく。待ってくれ、と言いかけた時には、その光は空に飛び立ち、消えていた。

樹里は呆然とその場に座り込んでいた。妖精王の言葉の意味は分からなかったが、何故か許された気がして涙が出てきた。いつの間にかクロが起きていて、すっかり元気になった様子で樹里を見ている。

「これでよかったんだ……これで」

樹里は何度もそう繰り返し、クロを抱きしめた。エクスカリバーが魔女モルガンの手に渡ることだけは阻止できた。樹里はよろめくように立ち上がり、再びラフラン湖を目指した。

回復したクロは軽やかな足どりで樹里を乗せ、街道を走った。朝日が昇り、周囲は少しずつ明るくなっていく。ラフラン湖が遠目に見えてきて、樹里は胸が苦しくなった。朝日が湖面を輝かせ、神々しいほどだ。近づくにつれ、湖を囲う緑が鮮やかに目に映り、改めてラフラン湖を美しいと思った。

クロはふいに脚を止めた。背後が気になったように、首を後ろに捻《ね》じ曲《ま》げる。そして樹里が驚くような声で吠《ほ》えた。

「クロ?」

クロは完全に脚を止めてしまい、ぶるりと身体を震わせる。クロは突然ラフラン湖とは反対の方向に走りだそうとした。嫌な予感がして、樹里はクロから飛び降りた。地面に転がってクロから離れると、不思議そうにクロが首をかしげる。馬の足音が聞こえて、樹里は自分たちが来た道を振り返った。すごい勢いで白馬を走らせている男がいた。金色の髪に、王者のオーラをまとった男——。

「樹里!」

厳《いか》めしい顔で馬を駆っているのはアーサーだった。その後ろにはランスロットの黒馬もいる。樹里は焦って走りだした。クロが走ってくれないのを悟り、自力でラフラン湖を目指すしかなかったのだ。

樹里は全力でラフラン湖まで走った。身体がなまっていたのか、以前よりスピードが出ない。それでもアーサーに捕まるわけにはいかなくて、気力を振り絞って駆けた。

「待て！　樹里、何故、逃げる！」

アーサーは馬を全力で走らせている。樹里は船着き場まで一気に走ると、恐怖を忘れて湖に飛び込んだ。

「樹里！」

アーサーの声が聞こえたが、その時にはもう樹里は水中に沈んでいた。樹里は泳げない。以前、ラフラン湖に入った時はロープを使って決死の思いで入った。今はアーサーから逃れたくて湖の中に潜ったが、すぐに息苦しさを感じて手足をばたつかせた。

身体はどんどん沈んでいく。息ができなくてもがくと、水中にアーサーが飛び込んできて、樹里のもとに水を掻き分けて迫ってくるのが見えた。アーサーは溺れる樹里の手を摑もうと、ぐんぐん泳いでくる。

前回ラフラン湖の中で見た映像は何も見えなかった。あの時は自分のいる世界の扉が開いた気がしたのだが、今は何も見えない。樹里は息苦しさに思わず口を開けた。水が口の中に入ってきて、急速に意識が薄れていく。

（ここから帰れると思ったのは間違いだったのか）

樹里は苦しげにもがきながら絶望した。

アーサーの手が樹里の手首に伸びてくる。――その瞬間、樹里は真っ白な光に身体を引っ張られた。濁流《だくりゅう》に呑み込まれるように、身体がすごい勢いであらぬ方向に引きずり込まれる。視界には七色の光が渦巻き、目がちかちかしてとても意識を保っていられない。

（たすけ、て……）

樹里は自分がどうなっているのか分からなかった。濁流に流された一枚の葉のように、ただ水の流れにまかせるしかない。最後にアーサーの声が聞こえた気がするが、それすら現実だったのかどうか自信がない。

樹里は、光の中を駆け抜けた。

9　ただいま

I'm home

どこからか大声で叫ぶ男の声がした。

「君！　大丈夫か！　しっかり！」

最初は遠かった声が、次第に大きくなってくる。樹里《じゅり》は目を開けようとした。けれどどうしても開かない。身体が異常に重く、寒くて歯がガタガタいう。意識は朦朧《もうろう》として、ここがどこなのか分からない。

「大丈夫かしら、あの子……」

「溺れていたんですって」

年配の女性の心配そうな声がざわめきの中から聞こえてくる。樹里の意識はそこでぷつりと切れた。

次に意識が戻った時、樹里は明るい室内にいた。目を開けたとたん、よく知っている顔が飛び込んでくる。

「樹里！」

涙を流して自分の名を呼ぶのは、間違いなく母だった。樹里は一瞬混乱して、口をぱくぱくさせた。白い部屋に医療器具、あまり縁がないので知らないが、ここは病室だろう。樹里の寝ているベッドの横には白衣を着た中年医師が立っている。

「かあ……さん」

樹里は声を出そうとして上手くしゃべれないことに気づいた。身体はひどくだるくて、手を上げるのも一苦労だ。それでも樹里は何とか室内を見渡した。病室にはテレビや冷蔵庫、窓にはカーテン、そして天井には照明器具がついている——自分は現代に帰れたのだ！

「樹里……っ、樹里、よかった」

母は泣きながら樹里を抱きしめてくる。魔女モルガンと同じ顔——だが、その中身はぜんぜん違う。樹里にとって大切な人だ。樹里は母の涙につられて目を滲《にじ》ませた。

「母さん……」

樹里はだるい腕を伸ばして母を抱きしめ返した。

医師は二人が落ち着いた頃に樹里の診察を始めた。医師が言うには、樹里は湖に浮いていたところを偶然通りかかった人に助けられたらしい。意識がなくて病院に担《かつ》ぎ込《こ》まれたらしいが、診察したところ悪い点は見つからないので、今日一日入院したら自宅に戻っていいと言われた。

「母さん、もう泣かないでくれよ。俺なら大丈夫だから」

母はずっと泣いていて、綺麗な顔が台無しだ。こんなに泣いているのを見たのは、父が死んだ時以来だ。

「では何かあったらナースコールを」

医師が病室から去っていき、樹里はようやく溜めていた息を吐き出した。個室には長椅子が置いてあり、母の荷物やビニール袋に入った衣類が載っている。ビニール袋に入っている布は、多分樹里が着ていたものだ。母の顔を見た時は、キャメロット王国なんて夢だったのではないかと思いかけていたが、それを見て夢ではないと自覚した。

考えた通り、ラフラン湖には樹里のいる世界に続く道があったのだ。

「樹里……本当によかった。生きていると信じてたわ」

母はハンカチで涙を拭《ぬぐ》い、バッグから見覚えのあるものを取り出した。母の手に自分のスマホがあるのを見て、樹里は鳥肌が立った。中島《なかじま》はちゃんとこの世界に戻り、樹里の頼みを聞いてくれたのだ。

「これ……、中島さんて男の人が来て、渡してくれたの。最初は何を言ってるのかと思ったけど……」

母は樹里の手にスマホを戻してくれた。スマホには動画で、自分が生きていることや、見知らぬ世界にいることを入れておいた。

「本当だったのね？　何があったのか、教えてちょうだい」

母がしっかりした口調で尋ねてきた。樹里はベッドの上で、上半身を起こした。もちろん戻ったら母にはちゃんと話すつもりでいた。だが、どこまで話すべきなのか、魔女モルガンのした行為も言うべきなのか。樹里は迷いを感じていた。

「それより、母さん。今、何日？　俺……、どれくらいいなかったの？」

まず現状を把握しなければと樹里は聞いた。

「今日は五月十日よ。あなた、半年も行方不明だったの。あの日、課外授業で湖に落ちてから、ずっと……。死体がみつからないって地元の警察では不審がっていたけど、私は生きてるって信じてたわ。おばあちゃんは葬式を上げろってうるさかったけど、絶対しなかったの。あなたが死んだと思って、おばあちゃん、すごい痩せちゃったんだから。電話したらすぐ来るって言ってたわ」

半年と聞き、樹里はショックを隠し切れなかった。あっちの世界で過ごした時間がそのまま空白となってしまった。以前ガルダが時渡りの術を使った時は、樹里が溺れた瞬間に戻ると言われた。だから空白の時間は存在せず、問題はないはずと思っていたのだ。時渡りの術を使わずにラフラン湖から戻ったせいだろうか？　まさかこんな数ヶ月も行方不明だった状態で戻るとは思わなかった。

「えっ、ちょっ、ま……、じゃ、俺十八歳？」

知らない間に歳《とし》を一つとっていたと知り、樹里はがっくりした。

「そんなことどうだっていいでしょ！」

母は思わずといったように噴き出した。いつもの母が戻ってきたようで、樹里は嬉しかった。

「よくねぇよ、つまりもう高校三年生になってるってことだろ？　え、俺の居場所あんの？　つか、もうどうしよう、頭がこんがらがってきた」

あっちの世界にいた時は、空白の時間がないと思っていたので気にしていなかったが、これだけ長い間行方不明だったとなると、いろいろ支障が出てくる。学校の友人も世間も、不審がるのではないか。

「だから病院側には黙っていてくれって頼んであるわ。学校にはまだ連絡してないの。あなたの友達にもね。何が起こったか、あなたに聞いて、それから考えようと思って」

母は声を落として言う。スマホで樹里が生きている事実を知った母は、半信半疑ながらいろいろと手を打ってくれていたらしい。

「母さん……、分かった。くわしく話すよ」

点滴のおかげか、力が戻ってきて、樹里は改めて自分が行方不明になっていた間の出来事を語った。キャメロット王国という世界に連れていかれたこと、そこには魔女モルガンがいて王国に呪いをかけたこと、樹里はジュリという神の子の代わりを務めていたこと……。さすがにアーサーと深い仲になったという話はできなかったが、ほぼありのままに語った。母は途中でそんな馬鹿なと笑うかと思ったが、最後まで真面目な顔で聞いている。

飼い猫のクロが、実は神獣だったという話をすると、母はおもしろそうに笑った。

「母さん、馬鹿にしないのか……？　こんな荒唐無稽《こうとうむけい》な話」

樹里は逆に気になって母の顔を窺《うかが》った。

「あなたが湖で行方不明になってから、私、いろいろ思い出したの……。魔女モルガンとキャメロット王国の話……。あの人が何度も語ってくれたってこと」

母はそっと涙を拭《ぬぐ》って、窓の外に目をやった。

「あなたの父さん、寧《ねい》がね……。よく話してくれたわ。私はあんまり本とか読まないから、アーサー王物語なんだろうなってことくらいしか思わなかった。でもあの人が死んだ後、ちょっと読んでみたら、魔女モルガンの呪いの話なんてどこにもなくて……。あの人、私に向こうの世界のことを教えたかったのね」

母の口から珍しく父の話が出てきて、樹里はどきりとした。樹里の父は樹里が八歳の時に交通事故で亡くなった。まさか、父は——。

「あの人は本当はネイマーって名前でね、魔女モルガンの夫だって言うの。そして魔女モルガンが私にそっくりなんですって。笑っちゃうでしょう。何を言ってるのかと私は笑い飛ばしたわ。あの人、特別かっこいいわけでもなく淡々とした人なんだけど、何故か惹《ひ》かれて……。あなたが生まれた時、どこからかクロを連れてきて、『この子は樹里を守ってくれるから、大切にしてくれ』って。あれは本当だったのね」

母は樹里に視線を戻し、くすくす笑っている。樹里は父の正体を知って、二の句が継げなかった。父が魔女モルガンの夫——父は二つの世界を往き来していたのか。

「寧は私に重要なことを話してしまったの。……そのせいで、きっと死んでしまったんだわ」

母の顔が急に暗くなり、何かを後悔しているようにうなだれた。

「私とあなたはある日突然意味もなく死ぬことがあるかもしれないって。それは私たちが特別な術によって生まれた存在だからって。魔女モルガンが魂分《たまわ》けという術を使って自分の命を二つに増やした……、あなたも同様に、魔女モルガンの息子のために作られたって。自分はそれを止められなかった、すまないって泣きながら謝るの。私は何を言ってるのか分からなくて、寧の頭がおかしくなったのかと心配だったわ。だってあなたは私が産んだ子だし、魂分けとか意味が分からないでしょう？　でも……その話をした翌日、あの人は私の目の前で大型のダンプカーに轢《ひ》かれて即死した。あれは……嘘じゃなかったのよ」

樹里は母の話に衝撃を受けていた。父はすべて知っていた。その上で自分や母と暮らしていたのだ。混乱して感情の整理がつかない。黙っていた父に対する憤《いきどお》りもあるし、やるせない気持ちもある。

「あなたが湖で行方不明になったと聞いた時、私の頭には寧の言葉が過《よ》ぎったわ。あの話は本当なんじゃないかって……。その後で、中島さんからスマホを渡されて、あなたは生きてるって確信した」

母は樹里の手を強く握りしめた。

「私が知っていることはこれで全部よ。今まで言わなかったのは、言っても信じてもらえないと思ったから。さぁ、樹里はもっと話すことがあるんでしょう？　すべて教えて」

母は、樹里の表情やしぐさから、何か隠していることを見抜いていた。やっぱりこの人は自分の母親だと胸が熱くなった。

「分かった、話すよ……」

樹里は語っていなかった事実を口にした。魔女モルガンが母そっくりだと知り驚いたこと、魔女モルガンを殺すための剣をアーサーから奪って逃げたこと、魔女モルガンを倒すために、自分たちは命を狙われるかもしれないということ。

「そうだったの……、ここへ逃げてきたのね。その人たちはここへもやってくるの？」

樹里は母の問いに目を伏せた。マーリンは二つの世界を往き来できる術を使える。もしやってくるとしたら、マーリンだろう。

「中島って教師ね、お前が湖に落ちた後、行方知れずになってるわ。警察の人が言ってたんだけど、他人の経歴を騙《かた》って教師として潜り込んでいたって。どこの誰かも分かっていないの。あなたのスマホを持ってきてくれた人が、あなたの学校に赴任するはずだった本物の中島さんなんでしょう？　分かったわ、その人がいたら気をつけるようにする」

母はしっかりと頷く。マーリンがこの世界にやってきて樹里や母の命を狙うとしたら、全力で阻止しなければならない。魔女モルガンを倒さなければならない使命を持ったマーリンは、容赦なく魔術を使うだろう。それに対抗する術を考えなければ。

「疲れたでしょう、今は休んで」

母が優しく樹里の髪を撫でる。魔女モルガンと同じ顔なのに、その性質は正反対のようだ。樹里はしゃべりすぎて疲れを感じ、母の言葉に従って目を閉じた。この先どうなるか分からない。今は少しでも身体を休めようとした。

その日のうちに病室に祖母がやってきた。祖母は顔をくしゃくしゃにして嗚咽《おえつ》しながら樹里を抱きしめた。ふだんは気の強い祖母なのに、すっかり痩せて弱々しくなっていた。心配をかけたことを悔やみ、樹里は何度も祖母に謝った。

退院して久しぶりに自宅に戻ると、懐《なつ》かしさとぎこちなさの両方を感じた。いつの間にか向こうでの暮らしに馴染《なじ》んでいたのだ。改めてこの世界は便利なものでいっぱいだと思った。食に困ることはないし、暑さ寒さに苦しむこともない。車を使えば遠い場所でも汗一つかかずに行けるし、欲しいものがあればネットですぐ注文できる。利便性という点では遠く及ばない向こうの世界——けれど時々やけにあの世界が恋しくなる。サンやランスロット、神殿の者たち、キャメロットの民……皆どうしているだろう。突然消えた樹里に、怒っているだろうか、悲しんでいるだろうか。

そしてアーサー……。アーサーは湖で消えた樹里のことをどう思っているだろう。アーサーには申し訳なくて、思い出すたび胸が苦しくなる。

自宅に戻った数日後、樹里が生きていることを知って、友人たちが家に押しかけてきた。いつもくだらない馬鹿話をしていた友人が、自分の顔を見るなり感激して泣きだし、自分はけっこう愛されていたんだなと初めて知った。

「樹里兄《に》ぃ、マジよかったっす。俺、絶対生きてるって信じてましたっ」

山田太一《やまだたいち》はずっと嬉し泣きをして、樹里の部屋でティッシュを使いまくっている。太一は同級生なのに樹里を兄と慕う変な奴だ。ひょろっとした体形に貧相な顔をした男で、いつもへらへら笑っている。

「それにしても一体どうしてたんだよ？　お前が溺れた時、すげぇ捜しまくったし、レスキュー隊まで来たんだぜ？　それでも見つからなかったのに」

佐々岡《ささおか》に聞かれ、樹里は苦笑して肩をすくめた。樹里の部屋は六畳の和室だが、同級生の男子が五人もいるとかなり狭く感じる。母がジュースやお茶菓子を置いていったが、あっという間に食べ尽くす姿はハイエナのようだ。

「ぜんぜん覚えてないんだよな」

樹里は壁にもたれかかってうんざりして言った。母と話して、行方不明になっていた間のことは「記憶にない」で通すことになった。説明できないし、信じてもらえるとは思えない。

「マジかよ、ＵＦＯにさらわれたんじゃね？」

根岸《ねぎし》に冷やかされ、樹里はアホかと突っ込む。

わいわい騒いでいるうちに、ふっと息苦しくなる。息が詰まるというか、何かが迫《せ》り上《あ》がってくる感じだ。

「……ちょっと、ごめん」

樹里は青ざめて部屋から飛び出すと、一階のトイレに駆け込んだ。吐き気に襲われて、今朝食べたものを全部吐き出してしまった。げほげほ咳き込みながら吐いていると、母が気づいて背中をさすってくる。

「大丈夫？　ちょっと熱っぽいし、病院行く？」

不安そうな母に、大丈夫だと強がった。この世界に戻ってきてから、どうも体調がよくない。微熱が続いているし、食欲もない。無理に食べるとしばらくして吐き気に襲われる。

「悪《わり》ぃ……ちょっと体調悪くて」

部屋に戻って吐息をこぼすと、皆の目が戸惑ったように樹里を見ている。吐いたから臭《にお》っているのだろうかと心配になると、太一が顔を赤くして頭を掻いた。

「なんか、兄ぃ、こんなに綺麗でしたっけ？　マジで惚れるレベルっす」

太一がもじもじしながら馬鹿な発言をしている。他の友人に冷やかされると思ったのだが、他の皆も何故かどぎまぎした様子で樹里を見ている。

「あのな、キモいんですけど」

樹里が身を引いて言うと、佐々岡が目を丸くした。

「お前、殴らないんだな。前は綺麗なんて言われたら、すぐ手が出てたのに」

いぶかしげに聞かれ、動揺して目を逸らした。綺麗と言われるのに慣れてしまったなんてとても言えない。体調が万全じゃないとごまかして、樹里は友人たちに帰ってもらった。早く学校に戻れるといいなと皆から言われたが、勉強が追いつけるか心配だし、学ランも向こうの世界に置いてきてしまった。何より体調が悪くて、まだ復学する気になれない。

マーリンのこともある。このままここにいたら、いつマーリンがやってきて命を狙われるか分からない。マーリンは樹里の自宅も知っているし、この世界に来たらすぐ樹里を見つけるだろう。

「樹里、当分の間おばあちゃんちに行く？」

友人が帰った後、居間に行くと、母が夕食を並べながら言った。母の提案は今考えられる最良の策に思えた。祖母の家は香川《かがわ》県の田舎町にあって、よそものが来たらすぐ噂になるくらい馴染みの人ばかりだ。母も経営しているワインバーを休んで、祖母のところへ行くと言っている。祖母の身体も心配なのだろう。

「いいかも。そうしよ」

樹里が賛成すると、母はすぐに電話した。この体調の悪さは、きっとストレスからくるものに違いない。自然豊かな祖母の家で暮らせば、少しは回復するだろう。

（俺……、アーサーのことが忘れられないんだな）

ストレスの原因はアーサーにあると樹里は感じていた。あれほど帰りたかったはずの自分の世界に戻ったというのに、樹里はアーサーのことばかり考えている。あの後、アーサーはどうしただろう。キャメロット王国は大丈夫だろうか。そんな思いが頭を占めているのだ。今まで興味がなかったのに、アーサー王物語を読みふけったりもした。このままここにいていいのだろうか。後悔と罪悪感に苛《さいな》まれ、樹里は日々悩みながら過ごしていた。

樹里は受話器を握る母をぼんやり眺めながら、また吐き気を感じて、トイレに行こうとした。

――その時、トイレの前の廊下がぐにゃりと歪んだ。

床がなくなったのかと思って、とっさに飛《と》び退《の》く。すると目の前に光る円陣が現れた。思わず尻餅《しりもち》をつくと、光の中から一人の男が現れた。

「何!?　きゃあ……っ」

異様な気配を感じて母が廊下に飛び出してきて、突然現れた男に悲鳴を上げる。円陣の中心に出てきた男は、マーリンだった。深緑色のマントを羽織り、怒りに顔を歪め、よろめきながら円陣から出てくる。

マーリンはやはり時渡りの術を使って樹里を追ってきた。マーリンの目的は樹里を殺すことに違いない。

「貴様、よくも裏切ってくれたな！　エクスカリバーをどこへやった⁉　貴様が消えてからアーサー王がどれほど苦しんでいるか……っ」

マーリンは汗びっしょりで、ひどく疲労しているようだった。本気で怒り狂っているのだろう。樹里を見たとたん、鬼の形相で摑みかかってきた。

「だ、誰？　あなた！　前に店に現れた泥棒‼」

樹里を守ろうと、母がマーリンと樹里の間に割って入ってくる。泥棒？　意味は分からなかったが、樹里は母に手出しされまいとマーリンの腕を摑んだ。

「待てよ！　母さんには手を出すな！　母さん、こいつがマーリンだ、下がって！」

樹里は必死にマーリンと揉み合った。

「マーリン、俺を殺しに来たのか⁉　お前は俺がどうやって生まれてきたか知ってたんだろう⁉　休戦協定なんて言って、最終的には俺を殺すつもりだったな⁉」

マーリンの顔を見たら怒りが沸き上がり、樹里は大声で怒鳴った。マーリンはわずかに怯《ひる》んだが、鋭い眼差しで樹里を見据えた。

「ランスロット卿から貴様がガルダに鏡を見せられたと聞き、そんなことだろうと思ったよ。モルガンにそそのかされたか？　エクスカリバーを奪《と》ってこいと言われたのか？　貴様の裏切りで、我々は窮地に陥《おちい》ることになるんだぞ！」

「モルガンにエクスカリバーは渡していない!!」

樹里はマーリンの気迫に負けまいと、怒鳴り返した。マーリンの目がわずかに揺れ、怒りの炎が少しだけ和らいだ。

「ではどこに隠した？　あれを返せ、貴様があれを見つけた時、貴様のことを信じられるかもしれないと思ったのに……、やはり貴様は危険な存在だ。エクスカリバーの在《あ》り処《か》を吐かせ、ここで貴様を殺してやろう」

マーリンはマントの下から杖を取り出して、樹里に向けた。やばいと思った樹里はマーリンの腰にタックルしてひっくり返そうとした。だが、その前に母が樹里を押しのけて、ワインボトルをマーリンに叩きつけた。

「な……っ」

マーリンは頭にボトルを叩きつけられ、よろめく。母は割れたボトルをマーリンの顔に突きつけ、目を吊り上げた。

「私の子に何をする気⁉　そこを動かないで！」

母が怒鳴ると、マーリンの動きが突然止まった。樹里も一瞬身体が固まったみたいに動けなくなった。母の背中から青白い炎が上がって、肌がびりびりするくらい強いエネルギーを感じる。

（母さん……っ、まさか俺が変な術を使えるように、母さんも何かできるのか？）

母の一言でマーリンが動けなくなったのは事実で、樹里は混乱して瞬《まばた》きをした。マーリンは身体中にワインをぶっかけられて、滴を垂らしている。ふっとワインの匂いが鼻について、樹里は吐き気を催した。

「う……っ」

樹里は口を押さえて、トイレに駆け込んだ。さっき吐いたばかりなのに、また気持ち悪くなってきた。げーげー言いながら吐瀉《としゃ》して、トイレットペーパーで汚れを拭《ぬぐ》う。

「大丈夫？　樹里……、あなた真っ青よ」

母が心配してトイレから出てきた樹里を労《いたわ》る。樹里はふとマーリンを見て驚いた。マーリンは雷に打たれたような顔で自分を見ていたのだ。

「お前を殺すのは一時やめだ」

動きだしたマーリンに気づき母が目を吊り上げて振り返ると、辟易《へきえき》したマーリンが杖をしまう。マーリンは樹里を凝視し、信じられないというように口を押さえた。

「お前……、まさか……、いや、そんな馬鹿な……」

マーリンはうろたえて樹里を見つめ、顔を大きく歪ませた。樹里はマーリンがどうして自分を見て動揺しているのか分からなくて、いぶかしんだ。マーリンは樹里の腹を穴の空くほど見つめている。

「その吐き気は……いつからだ？」

マーリンは明らかに激しく動揺していた。樹里に尋ねる声も上擦っている。

「え……、こっちに戻ってからだけど……。何だよ、俺の体調が悪い理由が分かるのか？」

まだ胸がむかむかして吐き気が治まらない。マーリンがすっかり攻撃する意志を失くしたのが分かってホッとしたが、異様な沈黙に不安になってきた。ひょっとしてキャメロット王国にのみある奇病の類だろうか。

「信じられない……。ありえないことが起こった……、お前は神の子じゃないはずなのに……。どうしてだ、お前の腹の中に……」

マーリンは震える指で樹里の腹を指した。

樹里は続く言葉を待って、突っ立っていた。

沈黙の重さが、事の重大性を伝えていた。

POSTSCRIPT

HANA YAKOU

こんにちは。夜光花です。

少年神シリーズも四冊目となりました。長く続けられて嬉しいです！

今回の本で書きたかったのはアーサーとマーリンです。特にアーサー王物語を出すならマーリンは欠かせない重要なキャラだと思っていたので予定通りの流れを作れてよかったです。敵だったキャラが味方になるという流れが好きなのでマーリンは書いていてとても楽しいですね。その分、ランスロットの活躍が少なかったですが、まぁ彼が活躍してしまうとアーサーの陰が薄くなっちゃうので(汗)。次巻でフォローしたいです。

そしてとうとう樹里が現代に戻ってきました。特にストップがかからないのでこのまま突き進んでいこうと思いますが、本当に大丈夫なのか……。次巻もぜひよろしくお願いし

夜光花　URL　http://homepage3.nifty.com/yakouka/
夜光花：夜光花公式サイト

ます。

　イラストを描いて下さっている奈良千春先生、いつもながら美しい絵をありがとうございます。今回の表紙のアーサーがかっこよすぎて、王子から王への成長っぽくて素晴らしかったです。毎回すごい絵がくるので、担当さんとどよめいているのですが、今回表紙も口絵もすごかったのでどよめきまくりです。モノクロ絵も期待です。いつもありがとうございます！

　担当さん、不甲斐ない私を導いてくれてありがとうございます。今後もよろしくお願いします。

　読んで下さる皆様、このシリーズ、コンスタントに出せていると思うので最後までつき合って下さると嬉しいです。どうぞよろしくお願いします！

ではでは。次の本で出会えるのを願って。

夜光花

少年は神を裏切る

SHY NOVELS337

夜光花 著

HANA YAKOU

ファンレターの宛先

〒101-0065 東京都千代田区西神田3-3-9大洋ビル3F
(株)大洋図書 SHY NOVELS編集部
「夜光花先生」「奈良千春先生」係

皆様のお便りをお待ちしております。

初版第一刷2016年3月4日

発行者	山田章博
発行所	株式会社大洋図書
	〒101-0065 東京都千代田区西神田3-3-9大洋ビル
	電話 03-3263-2424(代表)
	〒101-0065 東京都千代田区西神田3-3-9大洋ビル3F
	電話 03-3556-1352(編集)
イラスト	奈良千春
デザイン	Plumage Design Office
カラー印刷	大日本印刷株式会社
本文印刷	株式会社暁印刷
製本	株式会社暁印刷

ISBN978-4-8130-1305-1